我的父亲手冢治虫

[日] 手冢真 著

沈舒悦 译

新 星 出 版 社　NEW STAR PRESS

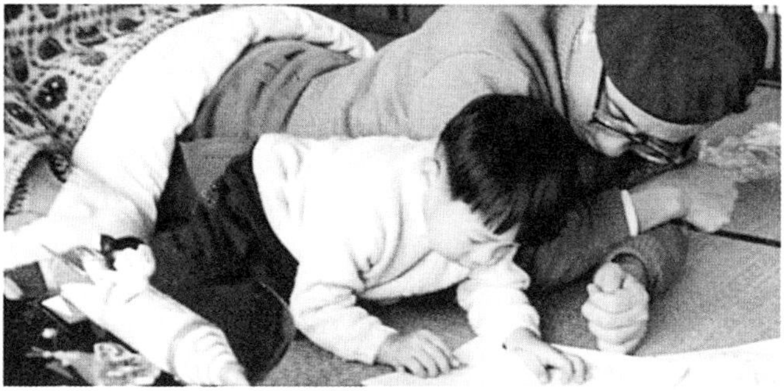
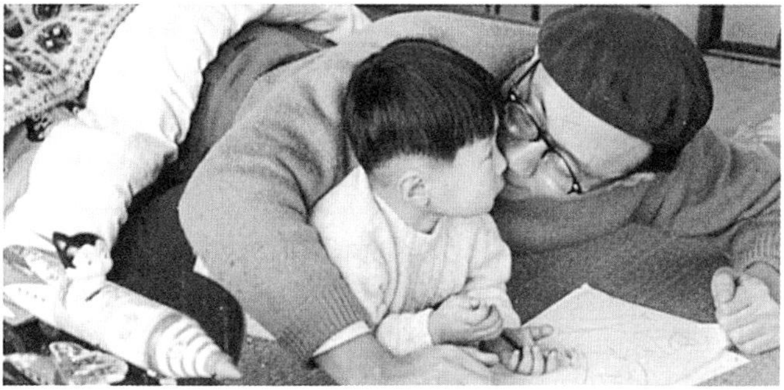
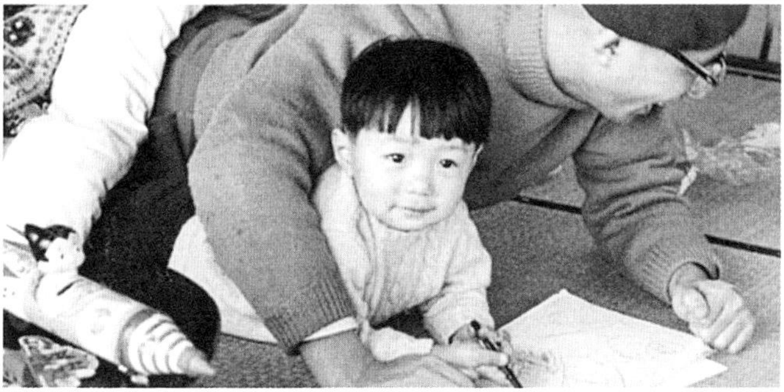

我们全家经常在正月里出去旅行,
只有在旅行的时候才能与父亲悠闲地在一起。
第一次上台。
"虫制作"的温泉旅行途中,在旅馆内表演余兴节目。
和着父亲的手风琴,我在唱什么呢?

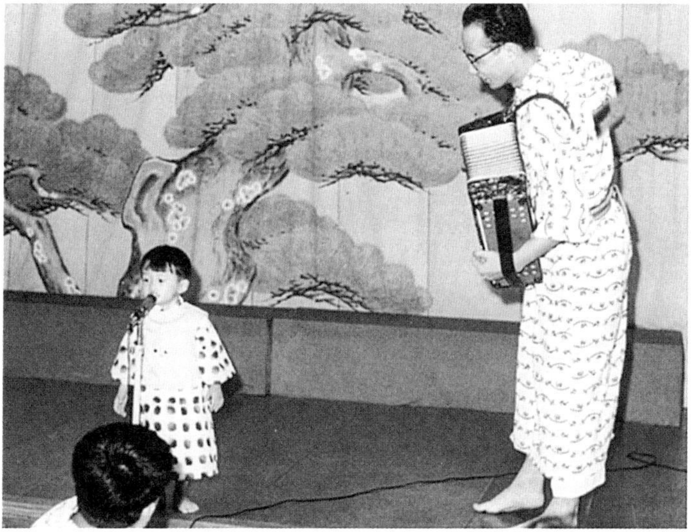

上
家里的饭厅正对着院子。
-
下
在院子里刚开始学走路的儿子。

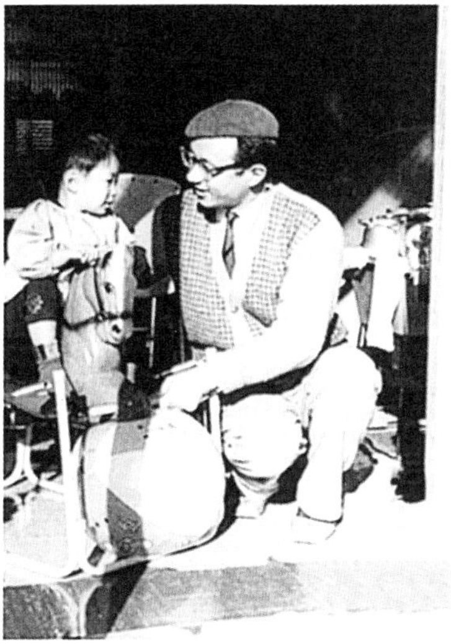

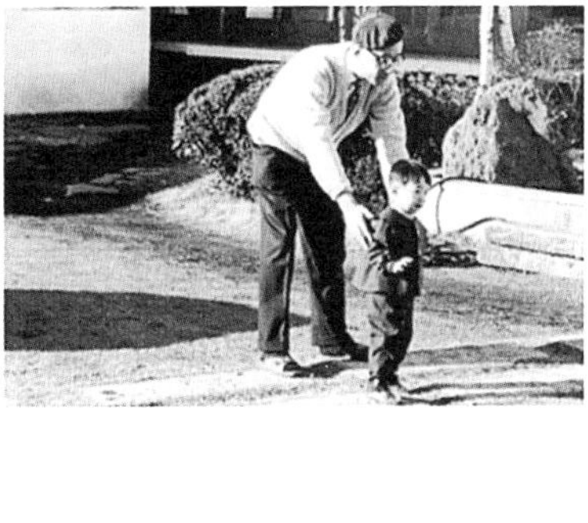

遗传真是件奇妙的事。
连本人都吃惊父子俩居然如此相像,
除了发型不同之外,几乎就是一个模子里刻出来的。
-
上
大阪大学医学部入学时的手冢治虫。
-
下
电影《被狙击的学园》中扮演高中生的手冢真。

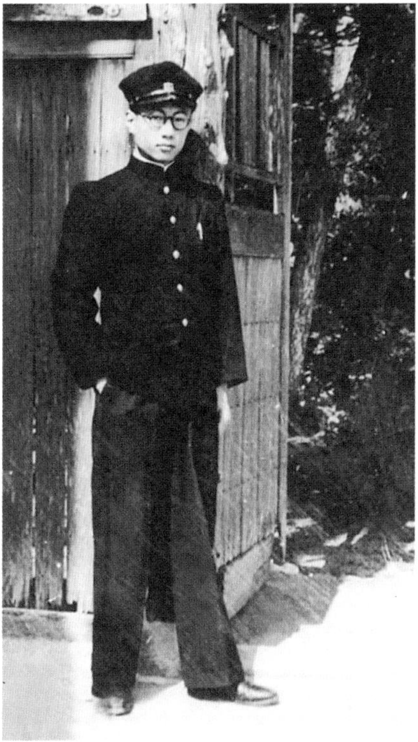

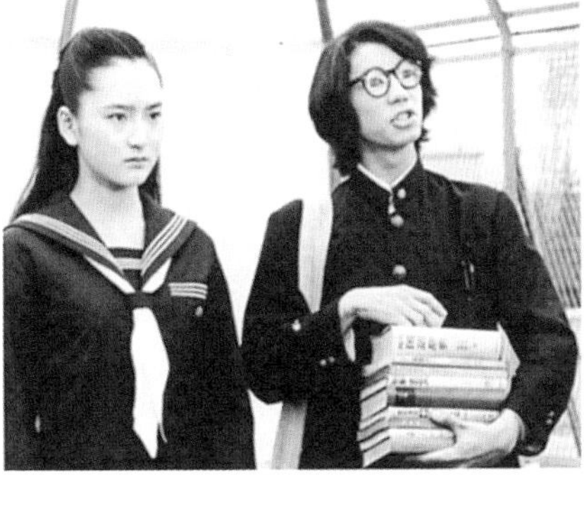

全家团聚的时间虽然少,但却经常拍照片。
全家一起上杂志也是家常便饭。

上
有马温泉。
父亲,母亲,妹妹千以子、路美子(由上至下)。

下
箱根。
父亲,祖父母,笔者。

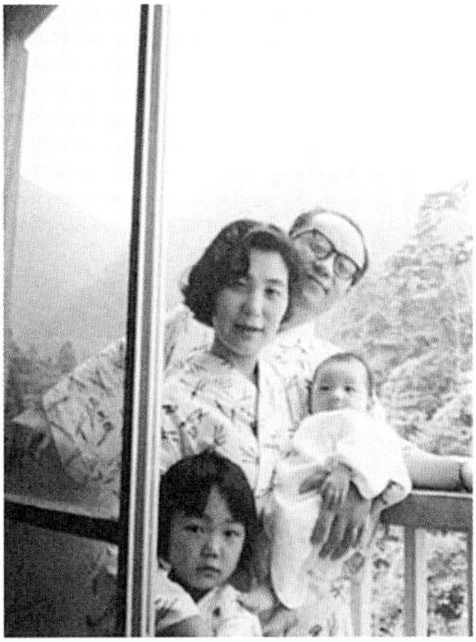

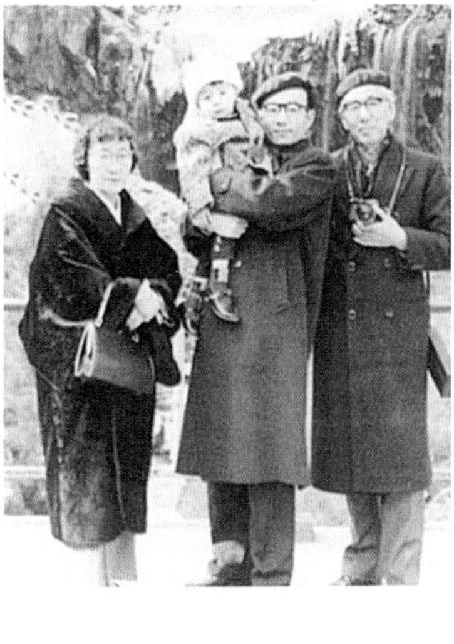

富士见台家中的客厅。
自右起:手冢治虫,长女路美子,母亲悦子,笔者,祖母文子,祖父粲。

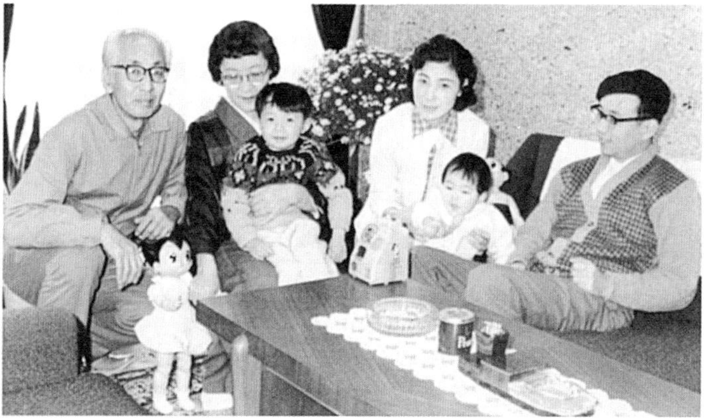

上
富士见台的家中车库前。
拍摄者为祖父。

下
圣诞节在饭店。
自右起：手冢治虫，悦子，路美子，千以子，笔者。

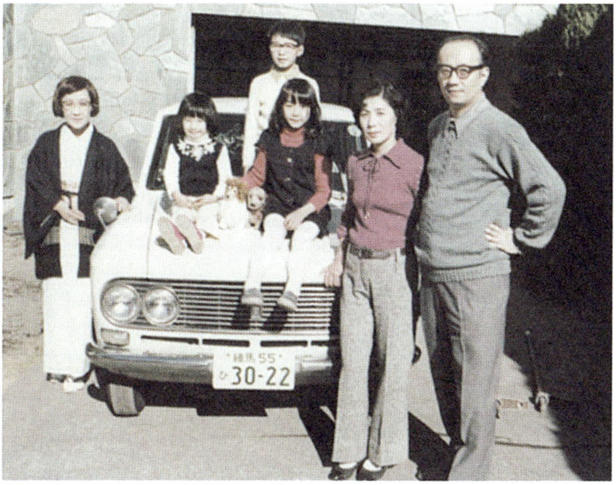
練馬55
ひ 30-22

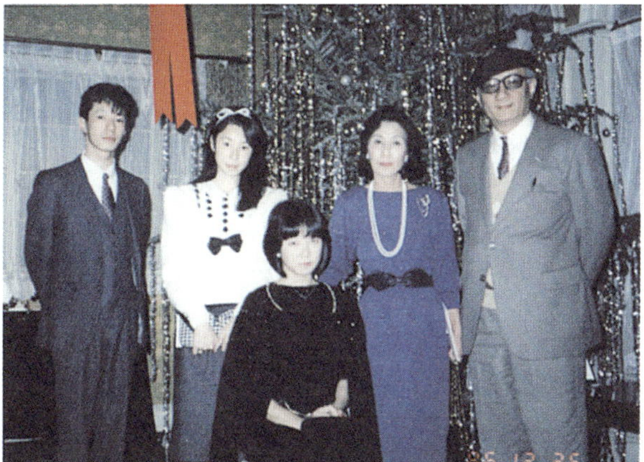
'86 12 25

上
曾祖父手冢太郎。
法官。
《阳光之树》中饰演良仙的儿子。
-
下
新婚的母亲。
父亲与母亲是没有血缘关系的亲戚。
裙子上的图案居然是阿童木。

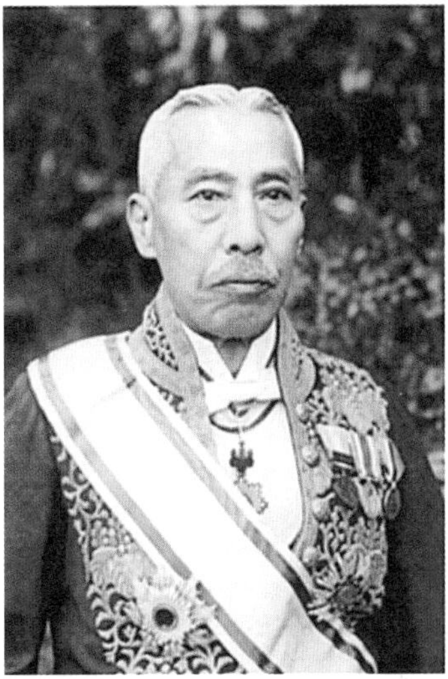
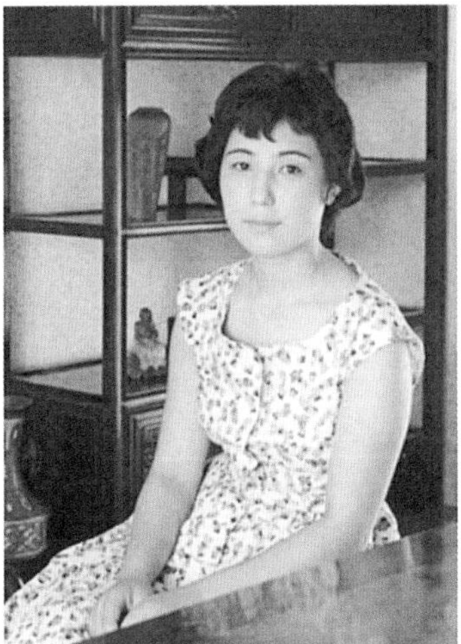

在宝冢的家中过端午节。
自右起:祖母文子、手冢治虫的妹妹美奈子、手冢治虫、祖父粲。

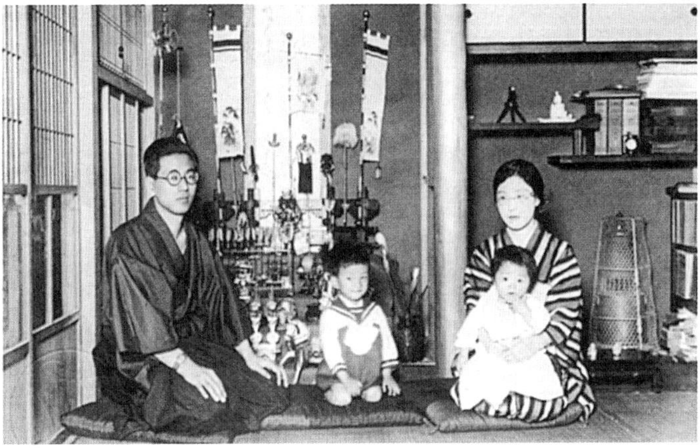

上
订婚后的父母。
背后是圣诞树。
-
下
十五年后在富士见台的家中车库前。

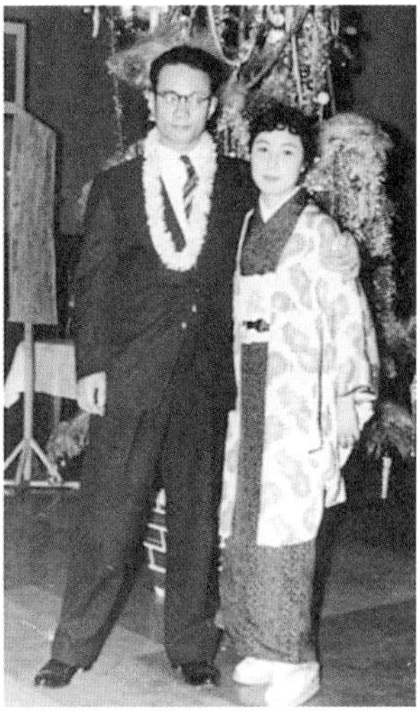

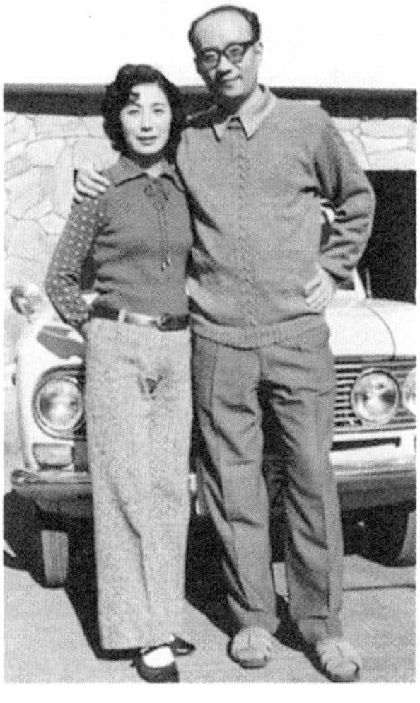

杉井的家院,正月里的纪念照片。
拍摄者为母亲,因此她没有出现在相片中。

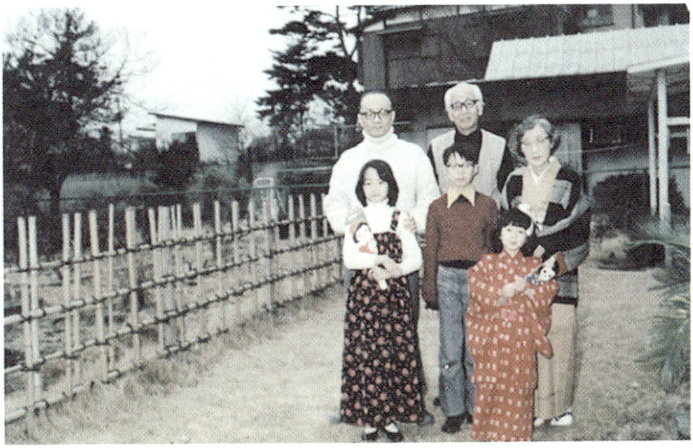

没有戴贝雷帽的手冢治虫,非常珍贵的照片。
一笑值千金。
这亲切的笑容,无论是在家人面前还是工作场合,从他年轻时起便没有变过。

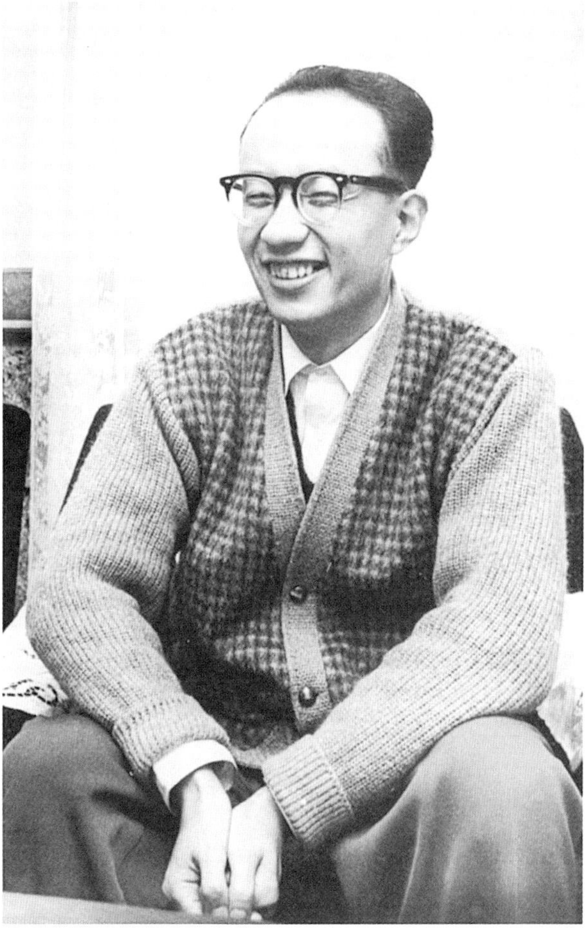

目录 _CONTENTS

01　我是天才的孩子

天才的伟业 _003 / 高朋满座的工作室 _009 / 编辑们的逆袭 _021 / 家族团圆的放映会 _026 / 天才和儿子的关系 _032

02　天才的真实与起源

天才的起步 _039 / 被时间追赶的日常生活 _049 / 天才的头脑构造 _055 / 出逃的方向 _061 / 乱中有序 _065 / 儿子的生活 _069

03　漫画与动画

漫画与动画的海洋 _075 / 漫画与手冢治虫 _084 / 动画与手冢治虫 _094

04 电影是我们共同的语言

共同的话题：妖怪 _109 / 全家都是电影迷 _118 / 手冢治虫与科幻电影 _122 / 父亲也是电影迷 _128 / 请关照我儿子 _138 / 《妖怪天国》出演记 _145

05 手冢式创作术

如何创作作品 _163 / 神明降临的瞬间 _173 / 爱与恨，真刀真枪论输赢 _177

06 温柔的天才

全力以赴 _189 / 父亲的约定 _196 / 作家和实业家 _207 / 父亲最后的时光 _213

07　天才的诞生

昆虫少年 _225 / 多彩的生活 _231 / 社会的敌人——手冢治虫 _235 / 次世代的阿童木 _243

08　手冢治虫的 DNA

父亲的眼泪 _251 / 永远追求的"主题" _262 / 父亲的道路，儿子的道路 _266 / 第一次父子对谈 _277 / 给儿子的信 _289

后记

01
我是天才的孩子

天才的伟业

手冢治虫是个天才。

我想这是毋庸置疑的。

并不是因为我是他的粉丝或者家人才这么想的。

实际上,当我们回望他一生的成就,除了"天才",也找不到其他更好的形容词了。

手冢治虫在他六十年的生命里,一共完成了十万幅以上的画稿。以他十八岁出道,一直到六十岁去世的时间计算下来,相当于不停歇地平均每天要画七幅画稿。而他创作的七百多个故事,可以说多数都成了漫画史上的经典。

不仅仅是在数量上,手冢治虫的作品在质量上也是出类拔萃的。

他给战后原本只是单纯快乐的漫画赋予了宏大的主题和知性元素,将漫画革新成了可以动情叙述的长篇故事,并且参考电影画面,将电影的分镜手法引入漫画创作,绘制出更具震撼效果的作品。漫画的可表现范围也因此得以大幅拓展。

在《新宝岛》(新寶島,1947)这部漫画中,第一次接触到这种表现手法的读者无不惊叹不已。在当时,这样的漫画可以说是一种前所未见的娱乐形式。因此,《新宝岛》一下子就大卖了四十万册。

甚至在 SF(科幻)这个词语还没有出现的年代,他就创作出了如《大都会》(メトロポリス,1949)、《遗失的世界》(ロストワールド,1948)、《未来世界》(来るべき世界,1951)等以未来或是空想科学为主题的作品。他的代表作还包括日本第一部在杂志上连载的长篇故事类漫画《森林大帝》(ジャングル大帝,1950—1954),以外国文学名著为蓝本的《浮士德》(ファウスト,1950)、《罪与罚》(罪と罰,1953),为

少女漫画带来崭新形式的《缎带骑士》（リボンの騎士，1953—1967）等。而拥有一颗人类心脏的少年机器人"阿童木"（出自漫画《铁臂阿童木》，鉄腕アトム，1952—1981）更是成了让整个日本都为之骄傲的英雄，全国各地纷纷举行各种活动，相关的漫画周边产品也风靡一时。

之后，他还挑战了面向成年人的漫画领域。代表作有：首次以精装形式出版的《三个阿道夫》（アドルフに告ぐ，1983—1985）；几乎超越漫画范畴，具备很深的思想性和哲学内容的毕生心血大作《火鸟》（火の鳥，1954—1988）；围绕医学和宗教（用漫画手法表现这类主题在当时简直难以想象）主题创作的《怪医黑杰克》（ブラックジャック，1973—1983）、《佛陀》（ブッダ，1972—1983）……各个类型，各种主题，手冢治虫一直凭着自己的开拓精神进行挑战。其总共四百卷的漫画全集[①]也已刊行。

---

①此处指的是由讲谈社出版的《手冢治虫漫画全集》。

创作如此大量的作品是需要助手帮忙的。将绘制过程中的指示正式地符号化，将完成的画稿进行剪切、粘贴以方便编辑等各种漫画创作方面的技巧和流程创新，也成了手冢治虫对漫画界的一大贡献。

在日本，无论大人还是小孩，人们对他的作品都爱不释手。正是因为他，日本漫画的形式才正式确立，发展也不再受到局限。不论是数量还是品质，日本都可谓是当今世界第一漫画大国。即使是这样，像手冢漫画这样拥有如此高品质内容的作品还是少数。从在宇宙次元探讨生命价值的宏大主题，到对日常生活温情琐事的描写，各种层次的人物，都在他的笔下熠熠生辉。

制作电视动画节目，真正地让手冢治虫成了家喻户晓的人物。以作家个人名义独立制作动画，绝对是一次史无前例的尝试。《铁臂阿童木》作为日本第一部连续播放的电视动画，吸引了成千上万孩子的关注，动画片中人物的周边产品也成为畅销的抢手货。很快，其他类似的动画节目也紧跟其后，发展壮大，日本在一夜之间成了动画王国。

但是，手冢治虫又绝不是个想着一夜暴富的野心家，他对赚钱这件事并不是那么执着。他是一个艺术家，为了同事，为了下属，为了漫画文化的整体提升而不停地工作，积极地参加各种相关活动。他在乎的只是怎样才能创作出更好的作品。

进入二十一世纪，机器人成了社会话题。《铁臂阿童木》中阿童木的诞生之日是二〇〇三年四月七日，而现实中的二〇〇三年，无论是可以双脚行走的机器人还是机器人宠物都已造福人类，给很多家庭带去了欢声笑语。这些机器人的发明者们，都曾公开表明自己受到了手冢治虫的影响。因此，不光是在艺术领域，他在科学技术领域的影响力也是无法估量的。

在历史上，被称为天才的艺术家数不胜数：列奥纳多·达·芬奇、莎士比亚、巴赫、莫扎特……近代艺术家中则有毕加索、披头士乐队等，每个人都有着对得起天才这个称号的非凡成就，无论是在品质上还是数量上，他们的作品都对各自的领域有着革命性的贡献，给后世带来了莫大的影响。但是，即使在各自领域中受到至高的推崇，他们还是花了很长的时间才受到社会大众的普遍认可，有些天才艺术家生前甚至完全不被社会认同。

而手冢治虫则从起步开始，并且终其一生，都获得了各界的好评。

在漫画领域里，他靠着自己的实力不断开拓，不断进取，不光从内容，还从表现手法等各个方面不断地拓宽漫画的范畴，想人所未想，画人所未画。他将一生全都奉献给了漫画，引领并影响了整个漫画界，将深奥的内容主题绘成浅显易懂而又乐趣横生的内容。而读者对他的喜爱也伴随了他的一生，从孩子到大人，各个阶层的读者都给予了他最大的支持和鼓励。

手冢治虫就是这样，一个人做到了所有的事情，而像这样的艺术家，历史上还有第二个吗？至少我不知道。

高朋满座的工作室

所谓的天才，常常会给人留下不爱和人打交道甚至孤僻的印象，再不然就让人感觉，天才有着和社会评价完全相反的悲惨家庭身世。然而手冢治虫不是这样，他喜欢和人打交道，他被很多爱热闹的朋友们环绕着，有着温暖的家庭和优秀的员工。

虽说有个温暖的家庭，可父亲其实很少在家，整个家靠的全是父亲的那份存在感才融合到一起的。

也正因为如此，要我说说对父亲的回忆，还真有那么一点头疼，因为实在是少得可怜啊。唯有一点始终不变，就是父亲永远是个大忙人。比起一般的家庭，我和父亲聊天见面的机会都要少得多。不过，这并不代表父亲的影响力有些许的减弱，相反，因为他把工作和家庭生活几乎混在了一起，家里所有的事情便都以他为优先，并且全是配合着他的工作而安排的。

和父亲在一起最早的记忆，我已经完全没有印象了。本来我也是个忘性很大的人，昨天的事到了今天都不一定记得。不过我出生的时候，父亲应该已经是个畅销漫画家了，出版了包括《铁臂阿童木》在内的多部作品。在整个关西地区的富豪排行榜上，父亲的收入足以登上作家排行的首位。

我出生于一九六一年，当时，父亲正从关西来到东京的练马，请人造了一栋既能居住又能工作的小楼，并为了他一直以来无比憧憬的独立制作动画事业而四处奔走。在那个被命名为"虫制作公司"（简称"虫制作"）的动画工作室里，父亲为了他第一部独立制作的动画电影《某街角的故事》（ある街角の物語）忙得不可开交。因此，他没来得及到医院陪着母亲，亲眼见证我的诞生。据说，在我出生好几个小时之后，我才和他第一次见面。

"虫制作"很快就开始制作日本第一部供电视台播

放的动画片,即一九六三年一月开始播出的,众所周知的《铁臂阿童木》。作为电视动画节目的开山之作,制作初期,它一直处于尝试、探索中。而在制作动画的同时,父亲在漫画的创作上也从未懈怠。如此一来,他就忙得更没有自己的时间了。

我不禁感到,自己其实是和动画版的《铁臂阿童木》一起长大的。

几乎是在同一时间,手冢治虫这个男人把我们带到了这个世界。

也因为这样,父亲工作上的朋友也好,亲戚也好,都理所当然似的管我叫"阿童木"。这真是让我愧不敢当,那可是全国人民的偶像。在我幼小的心灵中,一直呼喊着"我可不是英雄啊",觉得自己怎么能和阿童木这样受欢迎的人相提并论呢。即便时至今日,只要一听到"阿童木"三个字,我还是会觉得浑身不自在。所以,当有人问起我喜不喜欢阿童木的时候,我有时候还真不知道该怎么回答。不过毕竟是一起长大的哥哥(阿童木的漫画比我还要早诞生十年),一个优秀的好哥哥,我肯定是不会讨厌的。

阿童木的大热，让家里看得到的地方几乎都摆满了周边产品。说起玩具，我可是从来就没缺过，甚至因为父亲拿回来的玩具实在太多，母亲为了不惯坏我们，只好把不少玩具都藏了起来。还有家具和文具，送到父亲这里来的样品，到后来都成了我们的家什。

整个家几乎就是个动漫之家。而我，就如字面意思所示的那样，在漫画和动画片的陪伴下长大。

我的家在练马的富士见台。地如其名，那是一个可以清楚地看见富士山的地方。那时，我家周围还都是些农家、田地和小树林，没有那么多的高楼大厦。只要一爬上屋顶，富士山和东京铁塔就尽收眼底。

我依稀记得，我家对面就是一户农家，门内还养着一头牛。附近还有一些集体宿舍，那些宿舍的后面也有马棚和牛棚。如果要去市中心的话，坐私铁要花半个小时，算是东京的近郊吧。父亲会选在这里安家，是因为东映动画公司在离这里不远的一个叫大泉的地方，距离

在富士见台的家中,二楼的工作室。背后的扶梯下面就是助手的房间。
(一九六一年前后)

在"虫制作"拍摄间的摄像机前。(一九六三年)

近一些能方便他更好地做动画。事实上,《西游记》(西遊記)等好几部动画片就是和东映一起制作的,之后,父亲便下定决心建立自己的动画制作公司。工作室就建在了自己家边上,一座现代风格的钢结构建筑物在一片农家中鹤立鸡群,很快就成了当地有名的地标。

即使放到现在,我家也算是个相当大的宅子。整座房子是父亲亲自设计的,一幢全白的现代化二层小楼,光是房间就有一、二、三……嗯,总共应该是十五个房间吧。前门三处,玄关两处,后门也有两处。另外还有三个楼梯,三个洗手间。屋顶上是个很大的露台,上面还建了个小小的阁楼。

除了几个铺着榻榻米的日式房间,其他都是依西式风格布置的。一楼以贯穿上下两层的工作室为中心,分布着餐厅、厨房和客房;二楼则有书房、吧台和几个独立的房间。总而言之,家里有很多房间,全家每个人都有自己的屋子,一旦所有人都回到自己的屋里去,家里一下子就会变得异常安静,谁也不知道其他人在干什么。我们家就是这样,比起一直簇拥在一起的家庭,更注重

在祖母的房间，大约三岁的笔者。（一九六四年前后）

的还是每个人自己的生活。当然，吃饭的时候我们还是会聚在一起，可要不是吃饭，基本上就是在各自的房间里想干什么就干什么。不会过于亲密，也不会过于疏离，这样的家庭关系可谓微妙，不过倒也很轻松。

在同样很宽敞的前院里，父亲铺了草皮，建了花坛，还挖了两个水池。他还沿着外墙种了一圈高高的杉树，远看像一片小树林。后院则跟普通独栋住宅的院子差不多大小。

前院很大，大到足以让数十名"虫制作"的员工集中起来开个早会。要是来了兴致，来场棒球比赛说不定都行。对孩子们来说，有个这样的院子，在家里来场探险是再好不过了。所以我小时候很少去附近的公园玩，一个院子对我来说已经足够了。倒是附近的孩子，有时候会把我家错当成是公园，就这么直接闯进来玩。

当然了，这房子并不是为了能让孩子们自由自在地跑来跑去才造那么大的。祖父、祖母，还有我们三兄妹，加上保姆什么的，九个人的大家庭，还要算上父亲的助手们，家里总是有很多人在。房子里最大的空间，毋庸置疑是漫画工作室和动画制作间，几个助手（到底有几个人，现在已经记不清了，大概是五六个吧）和一堆杂志社的编辑在里面一起工作。反正从人数上来说，我家绝对是个热闹的大家庭。

漫画工作室和电影拍摄现场不一样，虽然也有很多人，却一点都不吵。助手们只是安静地埋头在桌前，一个劲儿地画，应该也是怕一不小心弄出点什么声音来打扰到父亲吧。父亲习惯在作画的时候听听古典音乐，所以家里的墙壁上事先就装了立体声音箱。

父亲在二楼工作，那完全是他一个人的地方。助手们的桌子都在一楼，角落是一个铁制的螺旋式楼梯，遇到编辑们催稿催得急时，他就直接从二楼拉一根线到一楼，然后把画稿用夹子夹在线上滑下去。

父亲原则上不收徒弟，所以那些助手，比起徒弟来更像是公司招聘来的职员。他们任期两年左右，分工相当明确，干起活来很有效率。

当然，总会有怎么都来不及完成工作、加班加到很晚的时候，助手们在工作室里过夜也是家常便饭。一开始母亲和祖母还做饭给大家吃，但随着工作量和人员的增加，她们很快就忙不过来了，助手里的女孩子便开始帮忙。就这样，工作人员也慢慢地做起了绘制漫画以外的家务事，甚至有时候还要帮着照看小孩。所以，小时候的我基本上和每个助手都玩过。

杂志社的编辑们则是为了取父亲的原稿而来我家，但是因为很少有准时交稿的时候，所以他们也只好寸步不离地待在家里等着，就这样等上几天，有时候甚至是整整一个礼拜都住在我家。在玄关边上，有个专门给编辑们准备的小房间——虽说原本是给员工们休息用的吧。这个约四叠[①]半的日式房间，后来就成了编辑们聚集的场所，因为那里离父亲的工作室还有些距离，稍稍发出点声音来也无大碍。编辑们不是打麻将就是玩花札[②]，反正就是想着法子消磨时间。我一有空就会跑到那个小房间去找编辑们玩。对我来说，我接触到的第一批社会人士，便是这些编辑。

---

①日本面积单位，一叠约等于一点六五平方米。
②日本的一种传统牌类游戏。

现在仔细回想，那个房间因为编辑们抽的烟而有些乌烟瘴气，他们也算不上什么上流人物，混在里面的我耳濡目染了些所谓大人们的言行，自然而然地，我也比一般的同龄孩子显得老成许多。不，用老成来形容还是抬举我了，在旁人眼里，我说不定成了个任性又讨人厌的小孩子呢。

虽说如此，可对于当时充满好奇心的我来说，那真是段无比快乐的时光。对编辑们来说，他们或许一点儿也不觉得享受，都想着能早一分钟拿到父亲的原稿回去交差吧。杂志社的主编在等，印厂也在等，可是原稿却不是说画好就能画好的，要一笔一笔、一张一张仔细地画。所以碰上三四本杂志的交稿时间重合时，那可真是要了命了。

为了怕读者误解，有一件事情我要先说清楚：手冢治虫绝对不是一个工作效率低下的人，相反，说他有着超人一般的效率也不为过。他画图的速度不输给任何一个同事，只是画每一张图都要经过深思熟虑，有一点不满意的地方就会重新画，时间就是在这样的反复修改中悄消流逝的，让编辑们望穿秋水的原因也在于此。手冢治虫的责任编辑们的血泪史，如果真要写出来，恐怕也能写成一本书，后面几章我也会详细提到。不过在这里，我先为大家介绍一件我被无辜牵连的有名的小事。

编辑们的逆袭

我念小学的时候,说起游泳便如临大敌。与其说不会游,倒不如说根本不敢下水。关于这一点,发生过这样一件事。

父亲是个完美主义者。估计艺术家都多多少少有这样的倾向吧。为了可以完成更好的作品,他当然希望可以多得到一些时间。但是,编辑只会不停地问:"好了吗?还没好吗?"被这样逼着就不能专心工作了。所以,为了把编辑们暂时赶出去,父亲筹划了各种各样的拖延战术。有时候,这些战术对编辑们来说简直已经到了虐待的程度。父亲爱好甜食,平时也会放很多零食在工作室里,可有时明明已经很晚了,他也会突然跟编辑说:

"我想吃我最爱的巧克力了,你帮我去买吧。没有巧克力,没法儿画下去了……"这个时候的父亲像个孩子一样,一旦把要求说出口,就任凭谁劝都无济于事了。

当年还不像现在这样,到处都有便利店,三更半夜的,让人到哪里去买巧克力啊。可是编辑们只能到处打电话问哪里还能买到巧克力,还有人打回远在横滨的家里,拼命地打探有没有人知道哪里还有巧克力卖。"你这个东京大学的毕业生,到底在干些什么啊?!"听说,曾经有个编辑的妻子在电话里听到老公打电话来问这样的事情时,当场就这么发怒了。可是就算这样,好不容易知道哪里有卖了,打车飞奔去又飞奔回来,终于拿着巧克力送到父亲面前的时候,父亲只是抬头瞟一眼巧克力,面无表情地说一句"我要的不是这个牌子的,我不吃这一种",就又把编辑给赶了出去。

三番四次受到这种对待后,编辑们也开始变得经验十足了,每次来我家等画稿时,都会事先带上各个牌子各个种类的巧克力。终于有一天,我发现了他们装满巧克力的包,看着一个大人带了满满一书包的巧克力,任性而讨人嫌的我忍不住嘲笑道："你是不是笨蛋啊？"只记得那个编辑一气之下把我推进了身后院子的小池塘里。池子其实也就一米深左右，我当时大概才四五岁，已经记不太清楚那到底算不算得上溺水了。总之，在那之后相当长的一段时间，我一看到水就会莫名地感到害怕；而那位编辑满腔的怒火和被气到不行的表情，到现在都还会浮现在我眼前。

这个小事件在编辑之间相当有名，直到现在都还有人不时提起。究竟谁是真正的"黑手"已经成了一个永远的谜团，因为几乎所有的编辑都像串通好了似的坚持说"是我干的"。这是手冢担（当时大家是这么称呼父亲的责任编辑们的）之间的一个传说。这是不是也只有作为天才的孩子才能拥有的"父债子还"的独特体验呢？其实对我来说，这倒不失为一个愉快的回忆。

手冢治虫其实也画过十分温馨的家庭漫画，虽然知道的人并不多。在以我们家庭成员为原型的漫画《手冢之家》（マコとルミとチイ，1979—1981）里，我们三兄妹（作为长子的我、长女路美子及次女千以子）分别

登场。尽管里面有一半左右的内容是父亲虚构的,不过如果想要了解我的家庭,看一下这部漫画也是不错的选择。连自己的儿童时代都被拿去画成了漫画,这算不算是生于漫画之家的悲剧——哦不,因为是漫画,所以应该是喜剧呢?

真人版的"手冢之家"。在有马温泉。（一九六九年八月）

家族团圆的放映会

我们全家人都是父亲的粉丝。

母亲自不必说,祖父祖母也一样,尤其是祖母,对父亲的照顾一直无微不至,祖父则一直为制作公司的事忙绿。我们三兄妹则坐拥众多的漫画,吃饭的时候还可以开着电视看动画片,光是这些就足以让我们窃喜很多年了。

手冢治虫在行业中是领军人物,在家里也一样是大家的偶像。

因为和父亲的相处时间总是那么短暂,所以对可以见到父亲这件事,我们每次都极为期待。一旦父亲从工作的地方回到家,全家人都会出门迎接,那叫一个热闹。

对我们这些孩子来说，父亲简直能媲美圣诞老人，彼此会暗中较着劲儿看谁能抢到父亲，独霸跟他说话的机会。而这个时候，父亲总是会照顾每个人的情绪，公平地对待家里的每一个人，会和大家一起聊天，跟所有人讲有趣的事情。他就是这样一个既温柔又有趣的父亲。

这么一个好脾气的父亲，很少看到他会对谁生气或是大声地责骂谁。

当然，父亲也有过在工作上遇到瓶颈或是发怒生气的时候，但在家人面前，他却很少这样。或许是不想让孩子们看到这样的父亲吧。

我能记得住的父亲生气的样子，只有那么一次。

那一天，全家正很难得地聚在一起吃晚饭。电视里放着父亲的公司制作的动画片（如果没记错的话，应该是《W3》），可是我和妹妹两个人却都想看其他不同的频道，争着争着就吵起来了。母亲见状训斥道："好好看你们父亲的节目！"话音刚落，父亲却突然提高嗓门怒吼道："让孩子看他们想看的东西！"我们两兄妹被父亲这突如其来的怒斥声吓得大气都不敢出，而母亲也被这气势吓得轻声啜泣起来。记忆中，我只觉得那顿饭吃得相当沉重。

现在回想起来，当时的父亲被工作的事情搞得头昏脑涨，估计也实在受不了孩子们的吵闹和哭声了吧。要是我再多往深处想想，父亲也可能是想到自己花了那么多心血做出来的动画片，却连自己家的孩子都不爱看，受此打击而生气发怒了也说不定。这也算是一个艺术家特有的复杂心境吧。

但说真的，我们兄妹绝不是因为动画片不好看才不看的，实在是因为觉得这动画片离自己太近了，想看的话随时都能看到，所以才想看别的节目。

实际情况也正是如此，父亲的漫画一直都是想看时就能看到的。我这么说一定会有很多人羡慕，可对我们来说，漫画也好，动画也好，不过是家里再寻常不过的一部分。其他家庭的孩子等一集动画片的更新几乎要等到海枯石烂，而对我们兄妹来说，不过是"哦，今天电视放到那一集了呢"这种程度而已。况且那个时候，既没有录像机也没有DVD，对普通家庭的孩子来说，错过了今天这一集就再也看不到了，哪能不抓紧时间好好看？而我们，想看动画片？太简单了。

对我家来说，漫画和动画真的会看到审美疲劳，还因为会让我联想到父亲的工作现场，而使我对它们更加厌烦。

虽然全家人都喜欢漫画和动画，可是下意识里又总觉得它们也是我们的敌人，是把我们的父亲从家里夺走的、令人讨厌的东西。

但是，我们绝不会因此而不去看父亲的作品。

父亲买了一台十六毫米的放映机摆在家里，只要一有时间，他就会在饭厅或是起居室为全家开一场放映会。放映的内容和电视上播的东西不同，通常是父亲自己制作的短篇动画，大多是没有台词、全靠画面来表现影片趣味的实验性作品。在我看来，放映会真是无比有趣，一来特意制成胶片后的影片与电视有着完全不同的体验，二来还有父亲亲自放给我们看的临场感，哪一样都让我觉得，不管是什么样的电视节目，都比不过这些窄窄的胶片。

父亲偶尔还会放一些电视节目用的动画片，也有还在实验阶段、被称作"飞行版"的试看版本。片子里插播广告的地方还只是黑屏。有些片子后来正式播出的时候，内容和人物设计都已经被修改，还有些飞行版的片子因为企划中止，永远地成了未能播出的传说中的作品。

放映的时候，父亲会在一旁为我们进行各种各样的解说："这里会有广告进入"，"这里会加上标题"，"后面就是下集的预告"等。他告诉我们这个镜头运用得十分成功，那个镜头则不太好，制作某处时花了好些力气……都是些幕后人员才会知道的事。而我们也就这么自然地听着，想着制作方的不辞辛苦，想着"啊，原来做动画是这么不容易的一件事"。

参加放映会是我们家族成员的特权。不过对父亲来说，家里人才是最不留情面的严格的批评家。虽说我们不懂什么技术上的东西，可是说到动画片，那可真是比谁都熟悉，所以总是满不在乎地就把哪里好哪里不好给说出来，而母亲更是一个轻易不会承认动画片有趣的人。父亲就这样把我们的意见听在耳中，记在心上。

在极少数情况下，父亲还会把漫画的画稿拿到我们面前问我们的感想，"这个，你怎么看？"画得超过了原来计划的页数、必须要进行取舍的时候，他会拿来好多张画稿，然后问："你觉得哪一张不要了比较好呢？"当我说"应该是这个吧"的时候，父亲也会说一声"我也这么觉得"，然后就又回到工作室里去。还记得我念小学的时候，就在《三眼神童》（三つ目がとおる，1974—1978）开始连载前，有一次，父亲曾经拿了三份稿子过来，各自是不同的人物造型和设定。父亲听取了家里所有人的意见，问我们到底哪一种方案比较好。顺便说一声，我选的那个最后没被采用……

天才和儿子的关系

对父亲来说,我是他的第一个孩子,而且是家里的长子,他没道理不喜欢。

因此我自认为还是得到了很多父爱的。虽然他一直过着埋头于工作室中的生活,将照料孩子的事全都交给了母亲,但只要一有机会,他就会带我到工作室里,把各种各样的东西拿给我看。有时他画原稿,也会允许我在一旁画画、玩耍。在一个孩子的眼中,父亲就是我的大朋友,基本上觉得他画原稿跟我玩的性质也没什么差别,我们是一起画画的好朋友。于是不知不觉的,我也慢慢地学会了画画。其实不管是之前还是后来,别说是画画,我从父亲那里直接学到的本领,可以说一样都没有。我从没打算学画画，父亲也没打算教我。

即使这样，我整个学生时代分数最高的功课依然是美术。也不见得我有多用功地画画，对我来说，画画和吃饭、说话、与人接触一样，自然而然，不费工夫。

父亲倒是在很多场合都开过这样的玩笑："我儿子的画画得很好啊，好到让我不甘心呢。"可我真心从没这么想过，而且觉得自己怎么能跟手冢治虫的画相提并论呢。只能说不管画得好画得差，我总算还能画上几笔。

我觉得由始至终，父亲和我都维持着好朋友的关系。

虽说是朋友，却也不是经常黏在一起，而是那种偶尔碰面、说上几句话的关系，是若即若离却又互相肯定自己在对方心目中的地位的、没有负担的关系。

比起父亲的作品在社会上取得的伟大成就，私底下的他可以说是个没有一点架子的人。他待人谨言慎行，性格稳重，在家里人面前也总是不疾不徐，用很温柔的口气愉快地说这说那，一点儿都感觉不出他是个在工作领域具有如此权威的人。

作为父亲，他发表意见的时候也从来不用命令的语气,让我们一定要做这做那,而是问"这样做你觉得如何"或是"我是这么想的呢"这样的说话方式。总之,他不会把自己的看法强加于人。

另外,父亲平时说话用的基本都是敬语,即使在被逼急了的时候也不会乱了方寸。从父亲嘴里是肯定听不到粗鲁词汇的(开玩笑的时候另当别论),也因为有着这样的父亲,全家人彼此都相敬如宾,什么"老头子,借我点钱吧"这样的话是肯定没人会说的。碰上什么事时,总会先来一句"我有些话想跟您说一下",然后才会说下去。

同样,在工作的地方,父亲就算生气了,说话也还是很有分寸的。"你为什么就是不能明白呢!"就是这样,即使声调已经相当高了,他还是不会开口说粗话,语尾依然是敬语。而对于犯了错的人来说,这样的说话方式更可怕,感觉自己像是惹佛祖生气了一般。

这么说起来,我读小学的时候,有过一次被骂的经历。

家里二楼的最里面是父亲的藏书室,里面有不少书,还掺杂了些漫画,应该是父亲年轻的时候看过的很老版本的《野良犬黑吉》①之类的吧。我经常偷偷溜进去,把这些书拿出来后躲在被窝里一个人看。有一次,我在一本老书上发现了一些涂鸦,这些涂鸦都画在页码的角落里,小小的,要是连续翻动书页的话,图案就会动起来。这可以说是最简单、最基本的动画形式了。意识到这东西的有趣,我马上付诸行动,又溜进书库拿出好几本别的漫画,然后在上面也画了不少涂鸦。正当我自以为是,得意得尾巴都快翘上天的时候,才知道那些书是父亲以前的作品,十分珍贵而且已经绝版。

"你给我弄干净。"父亲的口气比平时重了许多,明显已经相当生气了。当父亲问我一共画了多少的时候,我还撒谎说"就只画了这些"。当然,最后是瞒不过父亲的眼睛的,再次被发现的时候,父亲总算不再生气,而是带着些许微笑轻声责备道:"你撒谎了吧?"而我则是一边哭一边乖乖地把它们都擦干净了。这就是我记忆中唯一一次被骂的经历。

---

①《野良犬黑吉》(**のらくろ**)是漫画家田河水泡创作于二战前的长篇漫画作品。

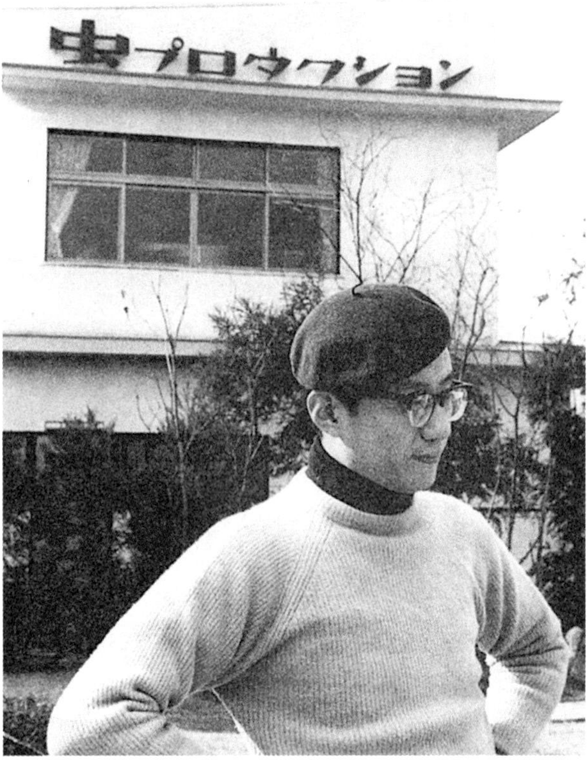
虫プロダクション

02

天才的真实与起源

天才的起步

手冢治虫之所以能成为漫画家,原因之一便是他有一个十分良好的成长环境。

作为长子,父亲出生在一个富裕的家庭。祖父祖母对电影、戏剧、小说、科学都很感兴趣。因此,父亲从孩提时代起接触这些领域的机会就很多。而祖父祖母共同喜欢的,正是漫画和动画。

手冢治(原名),一九二八年出生于大阪府丰中市,成长于兵库县的宝冢市。现在的宝冢市有一家手冢治虫纪念馆,不光因为父亲的童年时代是在那里度过的,更因为父亲就是从那里走上漫画之路的。虽然宝冢的旧居在全家搬到东京的时候转让给了别人,但是至今仍依稀可见当年的影子。门口有一根横着的楠木，父亲曾经在上面画过漫画，现在，那些痕迹依旧清晰可见。

手冢家族原本是日本的士族，是有族谱可循的大家族，族人多是法官、军人、医生或教师，社会地位都不低。父亲在《阳光之树》（陽だまりの樹，1981—1986）这部漫画中也曾经描绘过手冢家先祖的故事。父亲的曾祖父手冢良仙是江户时代末期的兰学[①]医生。不过，良仙这个名字先祖里好几代人都曾经用过，漫画里讲的是以第五代良仙为原型的故事。

手冢这个姓氏可以一直追溯到平安时代末期，源义仲（木曾义仲）[②]家的随从中有一名叫作手冢太郎光盛的武士，他就是手冢家族谱的本源。有一出叫作《源平布引泷》的人偶净琉璃[③]，歌舞伎中也有一出《实盛物语》[④]，这些都是和手冢太郎光盛相关的故事。传说，

[①]兰学指的是在江户时代时，经荷兰人传入日本的学术、文化、技术的总称。
[②]源义仲，日本平安时代末期信浓源氏的武将。
[③]人偶净琉璃是一种日本传统艺术形式，以净琉璃乐曲伴奏，表演人偶剧。
[④]《实盛物语》最初为人偶净琉璃剧目，后以歌舞伎的方式呈现，记录了日本平安时代末期武将斋藤实盛的故事。

嫁到源氏的女子小万被实盛砍了手，断臂却正巧被小万的孩子捡到，那只手里居然还紧紧握着象征族系荣辱的源氏旗印，因为这样的机缘巧合，源氏旗印才得以保全。而因捡到母亲的断臂而立功扬名的孩子，作为敌人的实盛不仅给他取了手冢太郎的名字，还和他约定，一定要等他将来找自己报仇。由于孩子把自己母亲的断臂埋葬了，手之墓也就是手之冢，于是取了手冢这个姓。

另外还有一个听上去更神的说法，说比手冢太郎光盛还要早的时候，就已经有了手冢这个姓氏。族谱源自信州（现长野县附近）的藤泽家，而藤泽家又是诹访神社宫司[①]的族系。实际上，当我们现在查询诹访神社的族谱时，为木曾义仲效命的金刺盛澄[②]的弟子中就有叫手冢太郎的。此外，诹访神社的下社境内，以前还有被称为"手冢城"的地方。也就是说，先祖是神职人员。

父亲还曾经很骄傲地跟我们说过，自己是忍者的后代。因为祖母嫁入手冢家之前的旧姓是服部，而服部家

---

①日本神社中地位最高的神职人员、管理者。
②金刺盛澄，日本平安时代末期诹访神社的宫司。

的先祖里就有"忍者服部君"①的原型服部半藏②。不过这一说法多少有点信手拈来的感觉，不可尽信。那个时候的父亲，说不定正在悄悄地构思着关于忍者的故事呢。

话说回来，看一下家系族谱图就会发现，手冢太郎这个名字可真不少。良仙的儿子，也就是父亲的祖父也叫手冢太郎。他是名法官，曾在日本多家法院任职，最终担任了长崎控诉院（相当于现最高法院）的院长。那个时候，他有个手下就是母亲的父亲，也就是我的外祖父。其实在我出生前，父亲也曾经说过如果是儿子便叫太郎，是女儿便叫花子，但母亲竭力反对，才从日本的成语"真实一路"（意为永远追求真实）这个词中取了现在的这个"真"字（户籍上是"真"）。虽然有点对不起父亲，不过比起太郎这个名字，我还是更喜欢现在的名字。因为它还是活动写真（日语中电影的旧称）的

---

① 漫画《忍者服部君》（忍者ハットリくん）最早发表于一九六四年，作者为藤子不二雄A。
② 服部半藏，日本战国时代至江户时代初期时松平氏、德川氏麾下的武士一族。"半藏"是服部家代代相传的家主名号。

"真"字,尽管在电影中,比真实更多的是虚构成分。

父亲和母亲其实是没有血缘关系的亲戚。撮合外祖父母在一起的是刚才说到的手冢太郎,而父亲的姨妈和母亲的舅舅也是一对。说起母亲的舅舅,那可是个大人物。他叫岸本绫夫,冈山县人,是陆军上将,也是东京"市"改"都"之前的最后一任东京市长,还担任过伪满制铁的理事长。二战结束以后,他在中国境内失踪了。

母亲名叫悦子,嫁给父亲之前的旧姓是冈田。冈田家是新潟县民选的第一任县知事,亲戚里有明治初期的南画①家冈田梅壑,诗人冈田莨堂以及最早拍摄富士山的摄影家冈田光阳。有关家人的更详细的情况,在母亲写的书(《手冢治虫不为人知的天才人生》,讲谈社+α文库版)里都有,有兴趣的话大家不妨去读一读。当然,那本书里更多的还是母亲关于父亲的回忆。

其实母亲是想让我完成父亲未能达成的梦想,成为

---

① 江户中期之后的画作及画派用语,源自中国的南宗画。"南北宗"论是中国山水画的一种理论学说,由明代画家、书法家董其昌提出。

一名医生或法律界人士。所以，当我跟她说自己想往电影方向发展的时候，母亲难过得卧床了好些天。父亲立志成为医生这件事很多人都知道，但是后来父亲还是选择了他更喜欢的漫画家之路。可要说是从父亲这里断了手冢家的传统倒也不尽然，因为在那之前，还有我的祖父。

祖父名叫手冢粲，可能是生在了一个富裕家庭的缘故，祖父有着典型的少爷性格，并且终其一生都在享受生活，只做自己想做的事情。听说从学生时代开始，他就拿着即使现在也算是高级货的徕卡相机，每天到处跑到处拍。他是大阪最权威、最优秀的摄影小组"丹平写真俱乐部"的会员，作品拿了不少奖，还被评为"俱乐部十杰"，绝对是当时最被看好、最有发展前途的精英人士。如此看来，手冢家的艺术细胞应该是从祖父这一代开始的吧。只可惜，祖父在正式成为职业摄影家之前上了战场，等战争结束后就没机会再活跃了。

战前，祖父还在住友金属做过一段时间的财务工作，但没过多久，正好父亲这边忙了起来，他就干脆回来帮

祖父粲的作品《望乡》。（一九四〇年）

孙子真的作品 *SILHOUETTE*。（二〇〇二年）
隔代遗传的神奇巧合。摄影、漫画、电影，手冢三代人的共同点就是在学生时代十分活跃。祖父晚年还有一个"北风"的雅号。

父亲的忙了，每天也算悠闲自在。祖父是明治时代出生的老一辈，对人要求严格，在家也会大声地发脾气，可是对外人倒是一直很亲切，也很受父亲工作伙伴的欢迎。后来年纪渐渐大了，他也依旧没有放下相机，经常把镜头对着到父亲这里来的一些女孩儿们，拍拍她们的照片，和她们说说笑笑，感觉还是相当幸福的。

祖父家有个洗照片的暗房，只要我去那里玩，他就会给我泡果汁喝。祖父的房间里有很多有趣的百科全书，我可以一边喝果汁，一边看宇宙或是动物的照片。我的相机和八毫米的摄像机都是祖父送给我的，或许这就是我开始影像工作最直接的契机吧。

最近，我也慢慢开始学摄影了。我第一次看到祖父年轻时的作品，也觉得十分惊奇。都说血缘关系毋庸置疑，而我们甚至连超现实的感觉都一脉相承。

祖母文子也是我童年时代一位十分重要的亲人。她带我到她的房间看电视，还念连环画给我听，对我好到连母亲都嫉妒。祖母很爱我的父亲，虽然作为婆婆，她对母亲稍显严格，可在外面绝对是个有趣的人。别看祖母一把年纪了，她还会戴着橘色的假发套，穿着靴子，和年轻的男孩儿们一起组乐队（当时的民谣乐队）。祖母喜爱音乐，会弹钢琴、手风琴和古琴等多种乐器。受祖母的影响，父亲也会弹钢琴和手风琴，姑姑干脆就是个钢琴教师。只可惜，我好像没有继承到那么好的音乐细胞，虽然也做过跟音乐相关的CD唱片制作人或是演唱会企划等工作，乐器却是一样也不会。

还有一件现在想来让我觉得挺吃惊的事情，那就是祖母那里有几张摇滚唱片，其中一张混在披头士的唱片堆里，用有点滑稽的牛的图案做封面的唱片——是平克·弗洛伊德！在那个时代就听这些音乐的祖母，实在太帅了不是吗？！我还记得，自己到了能听摇滚乐的年纪时，经常去祖母的房间，和她一起听谁人乐队（The Who）的唱片。那个时代流行的演歌或民谣，祖母反而很少听，所以，我和父亲都受到了祖母影响，对这些传统歌曲不是很感冒。

在这样一对祖父母的影响下成长，成就了手冢治虫这样一位感性的人，也就不足为奇了。祖父母常带着父亲去看话剧、演唱会，还给他看漫画、动画片。祖父有一台九点五毫米的电影放映机，常在家里放映不知道从哪里搞来的美国迪士尼胶片动画，那感觉就像后来父亲给我们放电影一样。都说历史是会重演的，家庭的历史又何尝不是呢？

被时间追赶的日常生活

用一句话来概括父亲的生活，那就是他一直在跟时间战斗。

平日的作息多少有点枯燥。天快亮的时候睡下，中午前后醒来，一起床就马上工作，吃饭也多是在工作室里解决。我们在晚饭前是看不到父亲的身影的。要是正好结束了一个阶段的工作，那么他还能来跟家人一起吃个晚饭，但吃完后就会立刻把自己关进工作室。

实在忙不过来的时候，他平均一天只睡两三个小时，这也是家常便饭。

但只要是人，就不能不睡觉。连续的熬夜，父亲当然也会累。这个时候，父亲每隔一段时间就会小憩十分钟，一边工作一边休息。

虽然寝室里有床，可父亲还是在工作室里打了个地铺，就那样横躺着直接工作。这样只要一觉得累了就可以马上打一会儿盹儿，醒过来后就又可以迅速工作了。我还记得，父亲那个时候的口头禅就是"十分钟到了叫我"，母亲或助手去叫他的时候，他总是能马上睁开眼睛、继续工作。

即使这样，当疲劳积累到一定程度时，父亲也会开始犯迷糊，把两部漫画里的人物搞混，比如阿童木突然出现在《佛陀》的故事里。这么一来，编辑们可就着急了，他们宁可要父亲去好好睡上一个小时，用清醒的脑子工作，效率才会更高。实际上，稍微睡一会儿再醒来的父亲，画图速度果然与之前不可同日而语。那会儿，我经常听父亲说，人刚睡醒时脑子是最好用的。

父亲喜欢趴在床上，把画稿摆在枕头边画图，而且用这样的姿势画出来的图居然不会歪歪扭扭。其实这是父亲的一个小秘密。他从小就喜欢趴着画画，也就是小孩子在榻榻米上涂鸦的姿势。对父亲来说，这个姿势最舒服、最顺手。

当然，父亲也会在桌子上画画，但他会在桌脚用不少东西把桌子垫得很高。这样一来，桌子就离脸很近了，对他来说是更接近在床上趴着画画的感觉。父亲一旦专注起来，甚至会把眼镜一摘，用整张脸和画稿亲密接触的姿势来画画。

只要有张桌子，不管是在哪里，父亲都能画。或者说，他其实已经被逼到了必须要随时随地都得作画的地步。父亲曾在电车、汽车里画过画。创作漫画时，构思草图时的画稿被称为分镜稿（ネーム），这个阶段需要画上最初的分格、略图及对白，父亲经常在去其他地方的路上做这件事。不仅如此，有时候来不及了，父亲还会让助手和编辑一起坐自己家的车，拿一块小木板当桌子，直接在上面画初稿、描线，甚至直接用水彩工具给画上色。拿着水杯的助手坐在父亲身边，大气都不敢出地一动不动；司机也怕车子晃得太厉害，尽量小心翼翼地平稳驾驶。就算这个样子，遇上红灯停车时，父亲也会抓紧一切时间画画。

还有个关于父亲的笑谈。当初新干线刚开通的时候，他作为名人被邀请试乘东京与名古屋之间的往返列车。父亲的工作还没有完成，本来是没有时间去的，可是他无论如何也要去，说是想看看路上的风景。结果一去一回，父亲一直在车厢内画画，根本没空去看风景。

所以，在父亲真正忙碌的时候，我们基本上是看不到他的。对我们来说，父亲简直就是个稀有动物。我家有个不成文的规定，只要父亲在工作，我们就绝不接近他工作的地方，绝不打扰他。虽说如此，我们家族成员间的信赖感却依然没有变化，父亲在干什么，到底有多辛苦，毕竟我们比谁都清楚。

关于大人的工作，普通家庭的孩子就算知道是什么职业，也未必知道具体做些什么。可是我家不同。父亲的工作是制作小孩子也能够看得明白的漫画，自不必说漫画本来就是为了小孩子而存在的。当你打开电视，电视里放的又是自己父亲制作的动画片，所以和父亲之间即使没有对话，我们也十分理解父亲的工作。在我看来，我很高兴自己的父亲不是其他小孩子眼中的那种，一到周末就待在家里，平时却不知道在干些什么的人。

可这也有不好的地方，应该有父亲出现或是我们希望他在身边的时候，他却往往做不到。一个礼拜都看不见父亲是常有的事。这也就算了，有时候两个礼拜甚至三个礼拜都看不到他的话，我们就会有那么一点担心。

跑去问母亲"爸爸什么时候回来啊"，母亲也只能无奈地回答"嗯，这个嘛……"，搞得就像家里有个出海打鱼的渔夫，回不回得来根本没法儿知道一样。有时候，当母亲告诉我们父亲就快回来了，我们个个都很兴奋。不过，很快连这个也无法让人激动了，因为有好几次父亲说是要回来的，结果我们等了半天，却还是没有等到他。

父亲应该也是了解我们这些孩子的心思吧，所以，当他真的回来时，就会带给我们很多礼物，动画片的周边产品什么的。虽都是些微不足道的小玩意儿，可是在我们看来，那都是弥足珍贵的宝物。拿着玩具，我们会围住父亲问长问短，把许久不见的想念全都讲给他听。

可惜,这样的快乐时光总是短暂的。看着父亲又向工作室走去的背影,我们会情不自禁地说一句:"欢迎下次再来哦。"说完,连我们自己都笑了。

父亲常自嘲说:"搞得这里好像不是自己的家,而是情人的家一样。"

就这样周而复始,父亲成了家人永远最期待,也是最爱的那个人。

天才的头脑构造

手冢治虫有不少让身边的人震惊不已的逸事。

首先是记忆力。只要是和自己工作相关的事，他的记忆永远分毫不差。比如给助手下指令的时候，"去资料架的某某层找某某书，参考一下某某页的图片吧"，资料的所在地他总是记得一清二楚。自己画的图稿就更不用说了。如果他正巧在外面，打电话回工作室让助手帮忙做点修改，就算身边没有复印件，每部作品的每一页也都存在父亲的脑子里，下起指令来可以准确无误地一个个调出来。"第一格，人物右后方的背景，麻烦你参考XXX的X月号第X页的背景和XXX的第X册第X页的背景，综合考虑一下再修改。"

按照编辑们的话说，父亲的作品，都只不过是把自己脑子里早已全部想好的画面转移到纸上而已。

其次是脑子转得快。你要是去看父亲读书的样子，经常会被他的阅读速度吓到。用父亲自己的话说，那是从年轻时起养成的习惯，也许能称为"斜读法"吧，就是翻开一页，用手指从右上方滑向左下方，眼睛追着手指一扫即可，读一页顶多就是几秒钟的工夫。一本书的话，站在那里几分钟也就看完了。当然，他这么读不可能把每一个词语都装进脑子里，但基本上有需要的重要内容全都能记下来。遇到工作上需要新资料的时候，父亲就会抽空跑到书店，把几本重要的专业知识参考书全都站着看完，再回来用在工作上。

再有就是，父亲的脑子里永远都有很多点子。跟编辑们开会的时候，他基本上不准备书面的东西，全靠一张嘴就能把脑子里想的几个故事一股脑儿地说给编辑们听。A 故事是这样的，B 故事是那样，而 C 故事则是那样。从历史典故到最新的理论，每个故事都有血有肉、绘声绘色，编辑们一个个都被父亲讲得好半天接不上话。

最后父亲一句"好了,请你们选一个故事吧",编辑们这才回过神儿来,点着头说"都好,都好,每一个都可以"。其实,这是父亲给编辑们挖的小陷阱,如果到了最后漫画评价不是很好时,父亲就可以说"这不是你们当时选的嘛"。总之,父亲是个很有先见之明的人。

也许有人会好奇,这个天才的脑子到底是什么样的构造啊。其实,说复杂也不复杂。无论是偶然或是必然,只要是眼睛看到的能引起你注意的东西,就用心把它们记住,然后慢慢在脑中积累,再运用自己的逻辑,把乍看上去彼此间没什么联系的两个信息组合到一起就好。比如狗、猫、鱼、宝石、水壶,如果让一般人对它们进行组合,通常会是狗和猫,或者猫和鱼吧?可是天才就不一样了。天才会把狗和宝石、猫和水壶组合在一起。这就像是一种联想游戏,给出两样貌似无关的东西,了解各自的意义后进行组合。狗偷了宝石,猫变成了水壶——从这两个组合里就会产生新的点子。

手冢治虫的脑子,厉害就厉害在类似这种联想的多样性以及常人难以企及的速度上。一般人可能会说

"嗯……如果是狗偷了宝石，那么……"，就在他们挖空心思，设想这中间究竟可以发生什么故事的时候，手冢治虫的脑子里不光已经构思出了四五个故事，甚至连这故事有没有意思，该怎么变成一部漫画，适合投给哪本杂志等都已经全都想好了。"变成水壶的猫，嗯，那就有点像'分福茶釜'[①]了。等等，分福茶釜？莫非那是个从飞碟上下来的狐狸形外星人？"就这样，各式各样的主题和点子一个接一个地在天才的脑子里不停涌现。所以有时候，父亲一直盯着水壶看，突然就会问你一句："最近飞碟是不是很火啊？你们杂志是不是也会搞飞碟专题啊？"被问到的人完全是丈二和尚摸不着头脑，而父亲脑子里的思路可清晰着呢。

当然，父亲的好奇心起码也是普通人的两倍吧，要是他哪天发现了什么有意思的东西，不打破砂锅问到底是绝不会善罢甘休的。谁要是这个时候被他逮到了，那就会遭遇一连串问题的攻击。其实，这对于那些被提问

[①]日本传说中由狸猫变化而成的茶壶。

的人来说也是一种解脱吧，至少不用担心自己在这么伟大的人物面前没有话说。当然，最后的结果总是父亲把他得到的信息全都存进了脑子里，等着日后哪一天可以运用到哪一部漫画中。

若是一部长篇漫画，就算父亲在脑子里已经大致勾勒好了整个故事，但因为这些不停冒出来的新点子，故事总是会随着它们的产生而发生微妙的变化。这也正是父亲开始做漫画连载的原因之一吧。因为连载漫画可以让父亲在构思的过程中不断进行有机的扩张和成长，也正因为这样，父亲的连载作品很少是事先就已经完成的作品。因为在他看来，可以不断扩张的故事远比结局被设定好的故事有趣。

关于父亲那部未完结的大作《火鸟》的最后结局，有这么一个小故事，是某个编辑偷偷在耳边告诉我的："虽然故事一会儿在过去，一会儿又到了未来，但最后是会终结于最接近现代的地方，没错，就是阿童木诞生的时代。"火鸟和阿童木居然能在漫画里会合？对读者来说，这简直就是梦幻般的组合。当然，这不可能是从连载开始前就已经想好了的,肯定是某一天父亲突然迸发出的灵感!

可是,如果父亲依然健在的话,他会不会真的这么画呢,谁也不知道。因为谁也没法保证,他是不是又想到了更让人吃惊的点子。

还有一个大家经常会觉得不可思议的地方,为什么父亲可以做到同时进行多本漫画的创作。关于这一点,大家联想一下现代的电脑就会比较容易理解了。这就好比电脑的多个任务,可以同时开着几个窗口各自运行一样,如果想要每个窗口的运行速度都加快,那就要增加电脑的内存和容量。

而手冢治虫的头脑,就是一台配置了巨大容量以及内存的超级电脑,每天从早到晚都可以保持高速运作。所以,说他惊为天人也就不为过了。

出逃的方向

　　脑子总是这样超负荷运行，恐怕会积攒不少精神压力吧？虽然很多人都这么担心，但对父亲来说，埋头于工作的时候，哪里还有精力去感受压力呢？再怎么说，自己在做的也是最爱的漫画事业啊。

　　当然，只要是工作，就不可能事事都顺着自己的意思来，和助手，和编辑们，多多少少会有意见相左的时候，或者灵感不怎么光顾，令他陷入构思瓶颈的时候。每当这时，父亲就会放松一下，兼顾爱好地去看一场电影、话剧或者演唱会。

　　话虽如此，本来是不该有这个闲工夫的。可就算这样，父亲也会尽量调整时间出门。就算稿子进度慢了，甚至过了截稿期，只要有了这个念头，父亲就一定要出门。他不能跟在家等着稿子的编辑们老实说"我去看电影了"，而是找别的借口。这个时候需要用到的，就是我们这些家人和孩子了。

"今天是我儿子的生日，我必须得去啊！"这是父亲最常撒的谎。一说到家里人的事，编辑们也就心软了，毕竟平时在工作上一直霸占着父亲，他们也觉得不太好意思，所以说一句"老师您也不容易啊"，就把父亲从工作室里放出来了。

可毕竟是生日，一年不可能有好几次，有时候机灵点儿的编辑就会发现说："老师，前不久您儿子不是刚过完生日吗？"于是第二个借口就是："我女儿的运动会，其中有家庭项目我得陪着她一起跑。"可这样的借口又用得了几回呢？知道父亲是在撒谎了，要是时间上真的还有那么一点宽裕，编辑们也会好心地睁一只眼闭一只眼。估计他们也觉得，给父亲放个风，两三个小时后再回来工作的话，效率能提高很多，那也是值得的。可是有时候，必须要在当天交稿，那他们就绝对不会放过父亲了。可你越是不让，父亲就越是牛脾气上身，采取的行动真是让人想都想不到。他会以去洗手间为借口，偷偷从后门溜走。到了下一次，编辑们连这个都看穿了，他们就会陪着父亲去洗手间，甚至还守在门口等着他；父亲则会从洗手间的小窗户偷偷溜出去。洗手间的窗户下面是一个堆放杂物的地方，父亲就瞅着空当儿成功出逃了。

这样的出逃行动也有露馅儿的时候。因为很喜欢各种祭祀节日，父亲会时不时地参加一些地方性的祭典。有一天，父亲也是骗过了编辑成功地逃了出去，和另一个漫画家朋友一起去了祭典现场，结果到了那里之后过于得意忘形，就随着祭祀的人群一起开心地跳起舞来。结果他运气不佳，正好被电视直播拍了个正着。工作室电视机的直播画面里就这么突然出现了父亲跳舞的样子，编辑们一个个都以为父亲穿越了，按理说他应该在二楼画画的呀。

就算是我，即使从事的就是与电影相关的工作，有时候也很难抽出时间去看电影。而父亲却不管是什么时候，只要想到了就会立即付诸行动。我想，这对父亲来说不单单是转换心情那么简单吧，应该也是对自己运气的一种试探。生活中无论多小的目的，只要是自己认定的，就一定要达到它，既然这些目的都能达成，那么工作一定也会顺利。我想，这也是父亲自我调节的一种方法。

乱中有序

经常会听到这样的说法，家里总是乱糟糟的人，要是哪一天突然所有的东西被弄得整整齐齐，他反而找不到自己想要的东西了。这一说法用在父亲身上非常贴切。大量的资料、信件，以及各种不知道是什么的纸张堆得高高的，一张盒子已经不知道到哪里去的唱片偶尔被夹在各种纸片里做三明治。散落在地上的画稿，究竟是画坏了不要的呢，还是已经画好的重要资料呢，没人知道。究竟什么是垃圾，什么是有用的，没有人可以进行正确的判断，除了父亲自己。对于每天都在里面工作的父亲来说，什么东西放在什么地方了，脑子里一清二楚。所以有时候，母亲自以为勤快地帮父亲把这些都整理好的话，父亲会因为连一支笔都找不到而生气。

仔细想想其实也是，人的脑子里也未必就是什么都整理得那么清楚的。我想，父亲的脑子里肯定是最杂乱的，但也正因如此，他才可以思维灵活地自由想象。各种各样的想法在脑子里互相交错，在不知不觉中形成它们该走的路。或者有时候干脆跳过这个环节，直接得出结论。如果 A→B→C→D 是正常应该走的顺序的话，那么父亲的想法有时就是直接从 A 跳到 D。

我在考虑事情的时候，有时候也会直接得出结论。那些一般都应该思前想后才得出的结果，我从一开始就知道了。这种时候，比起不停地考虑周边一切因素，我更愿意靠直觉去相信自己得出的结论，把事情进行下去。在周围的人看来，我这样的做法有点太随性了，想到什么干什么。换一个角度来说，也的确有不少人就是想到什么就干什么，这样的人最后往往会失败。我和他们不同，我并不是随随便便想到的，而是有一种预见性。虽然我也不知道该怎么去解释这两者的区别。

相信父亲也一定为此苦恼过。

哎呀，漫画就应该这样画才对，就算从一开始就已经明白，但当交稿期限迫在眉睫，或者工作人员集体反对，总之就是有个什么原因导致他无法按照自己的想法去画的时候，真的会令人无比抓狂。可是父亲也好，我也好，性格基本都比较温和，做不出太强硬的事。于是没有办法，只能由着大家，由着事态的发展，直到失败，最后再由自己吃点苦头，填补漏洞。这样的事情总会发生的。既然要宽以待人，那就只能严于律己了。

除了一些特殊情况，漫画中基本人物的设定都是由父亲亲自完成的，助手们能画的只有背景。有时候，为了看一看新来的助手到底几斤几两，父亲会一下子把难度很高的背景交给某个新人去画，然后看着新人拼了老命完成的画稿说一声"嗯，辛苦你了"。因为老师没有批评自己，新人就会按捺住喜悦之情，一边想着自己应该画得不错吧，一边忐忑万分地只等那期连载开卖好去看看自己的成果。结果打开一看才发现，里面根本就没有一个地方是自己画的，父亲全都重新画过了。

如此严格的做法，对新人来说究竟是好还是不好，这是个见仁见智的问题。但无论如何，与创意相关的工作就是这么严酷。如果不能发挥自己十成的功力，就算当时可以侥幸过关，以后也绝对不会再有工作找上你。这是一个靠实力说话的世界。

儿子的生活

回顾一下我的生活，其实有好多地方都和父亲不谋而合。

比如，在家里有自己的工作室。工作人员和其他工作上有来往的人都已经侵入了我每天的日常生活中，工作空间和私人空间的边界可以说相当模糊。

我的妻子冈野玲子也是一名漫画家。我曾经信誓旦旦地说绝对不要画漫画的，偏偏又娶了一个漫画家做妻子，这可以说是偶然、意外，但或许也是冥冥之中的必然。所以，即使是现在，我家的生活依然有助手和编辑的身影。不过和父亲的时代不同，等稿子等得要住在我家里的编辑已经没有了。

对于在漫画、动画的制作环境下长大的我来说，这样的氛围反而让人感觉轻松自在。身边的工作人员就像自己的家人一样，我可以毫无顾忌地在他们面前展现自己私下的一面及各种兴趣爱好，就算在一起待得再久也不觉得别扭，倒不如说和他们在一起我才比较安心。

作息时间的不规律，这一点我也和父亲完全一样。早上起来的时间也好，晚上睡觉的时间也好，几乎每天都不一样。凌晨四点去睡觉十点再起床的日子也有，早上七点起来晚上一点再睡的日子也有。不过有一点和父亲不同，我不能对着画稿一整天后只睡四小时。因为我学不到父亲躺着工作的能力，更多的时候，我每天都在不同的地方工作。

哪一个是工作时间，哪一个是自己的私人时间，我也不是分得那么清楚。工作空间和私人空间已经混在一起，几乎无法分辨了。比方说看电影，对我来说那就是工作的一部分，但同时我也充分享受电影所带来的快乐，所以也能算是个人爱好。工作场所虽然需要有一定的紧迫感，但是如何能够制造出如家庭般轻松的氛围也是我的一大课题。同样的，即使是在家里，也要保持最低程度的紧迫感。即使是一家团圆，也不能穿得邋邋遢遢；即使是休息日，也要穿着整齐地坐在桌子前。

不管是什么工作，保持时刻紧张的集中力，再配合上休息时间的开放性和轻松氛围，那么工作起来一定会比较顺利。无论我身处何时何地，都令自己尽量完美地去融合这两点，这样的状态非常适合进行创意工作，也不会令人产生不必要的疲劳。

我年轻的时候，因为一直看着父亲和周围的人如此忙碌，于是觉得一切都理所应当，也曾经不顾自己的身体，完全不知休息地一味向前冲。不眠不休的日子，不能和朋友一起玩耍的日子，不能把酒言欢的日子，每一天都是那么紧张，身心俱疲。

可是有一天，我看到一只野猫时突然就想通了。它为什么就可以一直在那里睡觉呢？它是有多懒啊！可真要发生什么时，它瞬间的爆发力却是那么强大，可以马上从原地跳起，立即开始飞奔。这应该是一直保持紧张状态才可以做到的事情。其实自然界中的生物都应该这样。就算一天中大多数的时间都是轻轻松松地享受自然，但只要一点刺激就可以让它们马上进入紧急状态。我想，其实这才是对身体、对大脑最有效率的使用方法。我算是从野猫身上学到了这一点。

人当然不能每天只是睡觉，其余什么都不干，但我还是想到了可以做到一天大多数时间很放松，该出手时就出手，一出手还能一夫当关的秘诀。休息日在家，要是想到了什么就马上投入工作；而同样的，在公司开会的时候，即使会议刚刚进行到一半，也可以尽情地开玩笑放松心情。在工作的地方玩，在玩的地方工作，把时间和空间进行多层次的组合运用，这就是我的秘诀。

也许这是一种没有原则的、混沌的生活状态。可是只要自己心如明镜，看得到自己该走的路，那也就不需要为此而烦恼了。

尽可能地在轻松的环境下工作、生活。这，就是我的生活方式。

03

漫画与动画

漫画与动画的海洋

说我从来到这个世界就掉进了漫画与动画的海洋，真是一点都不夸张。

恐怕换了别人家，尤其是在昭和三十年代，孩子要是想看漫画，父母都不会给他好脸色看的吧。那是个漫画被彻底定位在"不正经书"的年代。在那样的年代，即使是手冢治虫——其实应该说受批判的正是手冢治虫——简直就被批为孩子们的公敌、社会的公敌，现在想想还真是荒唐啊。前面我也说了，在我家，漫画是完全开放的。就算不是父亲的作品，我们也是想看就看，绝不会有人来责怪。家里堆满了从各个地方寄来的父亲的连载漫画，以及用来做参考的其他漫画杂志，我们这些孩子从来都是随手拿起来就看。

吃饭的时候，全家一起看动画片更是理所当然。可话虽如此，但你要说我们这些小孩对动画多么着迷倒也不尽然，总之就是感觉和动画片保持着一定的距离，以一种欣赏者的角度冷静地看：这里的画面做得不错，那里的动作怪怪的……也不知道为什么，明明还是个小屁孩儿，却偏要从制作方的角度去看动画片。

我几乎每天都看漫画，当然，不光是父亲的作品。我比较喜欢那些搞笑类的漫画，像源太郎、吾妻日出夫、秋龙山、山上龙彦等，都是我那时特别喜欢的漫画家。

祖母家里有一套老版的父亲的作品全集，有空的时候，我就会去那里看《双子骑士》（双子の騎士，1958）或是《洛克冒险记》（ロック冒険記，1952—1954）之类的老作品，真是看上多少遍都不觉得厌烦。《森林大帝》更是每次看到结尾的地方都感动得泪水涟涟，心里再次感叹，能画出这样水准的漫画，父亲实在是太厉害了。

在我眼里，近在身边的手冢治虫的漫画几乎成了所有其他漫画的评价标准。不如父亲的漫画就不是好漫画，虽然这样的比较对其他作家很不公平。当然，在与手冢治虫不同类型的漫画中，还是有很多优秀的作品的，比如刚才提到的搞笑类漫画，或是登载在 $GARO$① 上的个性鲜明的前卫漫画。这些类型并不是手冢治虫所擅长的，因此，我对这些漫画的评价也相对宽容很多。

小时候，我也画过漫画，虽然大部分顶多只能算涂鸦水平。

上小学的时候，我会把漫画画在本子上，然后让班上的同学传阅。其实不只是让他们看，我还会在旁边自配音效，将台词念给他们听。就像是玩拉洋片儿似的，一张图片配一段解说。内容则基本上都是我看过的电影或是电视节目的改编，还煞有介事地取了一个"手冢电影剧场"的名字。我想从一开始，我就觉得与其说那是漫画，倒不如说更像电影吧。

明明还是个小鬼的我，那时就已经开始像 $GARO$

---

①漫画杂志 $GARO$ 于一九六四年由长井胜一创办，青林堂出版发行，专刊另类漫画和先锋漫画，怪才辈出。二〇〇二年停刊。

一样，整天想着自己的这些东西该怎么做才能和一般的漫画不同。于是，我要么特意让作者突然出现在漫画里，把整条主线改掉，要么干脆来一次穿越。总之，漫画本身就特别无厘头。

等到了初中，我又开始制作一些所谓的同人志，将三四个好友一起画的短篇漫画登在上面，内容也是极尽恶搞。当时，电视上正在放一档蒙提·派森①的节目，我们画的东西就受到了节目里过激搞笑镜头的影响，基本也都是没什么情节，画了一半就突然让主人公遭遇事故、直接完结之类的。而且，我们还故意把图画得很烂，总而言之就是怎么难看怎么画。

所以，我真正开始画能称得上是漫画的作品，是到了高中的时候。画的基本都是一些电影的续集内容，在自己心里，它们也算是对电影影像的一种替代吧。

我的第一部长篇八毫米电影 MOMENT 完成于大学时代。因为自己也知道深受漫画影响，所以拍摄手法

---

①蒙提·派森，又译巨蟒剧团、跻低喷饭等，英国六人喜剧团体，以超现实的幽默演出闻名于世。

也借鉴了漫画的分镜方式。还记得我当时逞一时口快，对父亲说："过去的人用漫画来表现电影，今天我要用电影来表现漫画！"父亲听了以后，虽然嘴里嘟囔着"原来我都成了过去的人了"，可看得出来他还是很替我高兴。

对我来说，电影影像比漫画更吸引我的原因有好几个，但影响力最大的，应该还是因为动画制作室就在我家旁边。

"虫制作"麻雀虽小，五脏俱全，有电影企划室、动画制作室和摄影棚，还有完成以后可供工作人员一起试看的放映室（虽然只不过是一间屋顶上的小阁楼）。在小孩看来，可以在这么多神奇的地方探险真是再好不过了。制作公司和家里的院子是连在一起的，公司的工作人员午休时偶尔也会过来午睡或是运动，一来二去，我也就和他们混熟了，去公司玩的时候，大家都会特别照顾我，更何况我还是他们手冢老师的大少爷呢。

于是，就在我进进出出制作公司的时间里，不知不觉地，我也就记住了制作商业电影的方法。什么拍摄手法，什么正片、负片、样片、母带这些电影的术语，从说法到意思全都熟知于心。近水楼台先得月，我比一般人都更早接触到这些专业的制作方法。

"虫制作"里还有一样十分吸引我的东西，虽然这样的情况很少，但有时除了动画之外，这里也会拍一些实景影像。在制作动画电影《一千零一夜》（千夜一夜物语）的时候，主创人员就曾经用小模型做了一个阿拉伯街头的场景，用于片头制作的实景拍摄。拍摄完成后，那个小模型——说它小，怎么也有两米左右吧——就被摆在了工作室的角落里，这叫我一个小孩子怎么能够无视它的存在！要知道，那可是奥特曼超级流行的年代。我对奥特曼迷得不行，在奥特曼面前，连父亲的动画片都得让路。当然，吸引我的不只是怪兽，还有那种把虚构人物结合到现实场景中的拍摄手法。想到有一个和怪兽节目中的场景差不多的小模型就在隔壁，我就抑制不住自己的兴奋了。更令人兴奋的是，除了那个阿拉伯街景，还有一个一米左右的怪兽模型，那是另一部后来没有公映的作品——《冒险路比》（冒険ルビ）的先行版里用到的道具。这让我还怎么坐得住！最后，我总算是厚着脸皮把这个道具要了过来，放在自己的房间里，当了好几年最爱的宝贝。

就是这样，我在对观看各种影像产生兴趣的同时，也产生了制作影像的兴趣,同时也知道了它们的制作方法。

动画也属于影像的一种，然而我对以《铁臂阿童木》为肇始的日本电视动画并没有产生很大的兴趣，即使是现在，我也很少去看日本的商业动画作品。

为什么我要强调"日本电视动画"呢？因为迪士尼和国外的动画我还是看的。关于迪士尼动画，我之前也已经提到，因为父亲也是从小就喜欢，所以我们受他的影响，经常全家一起去看迪士尼的电影。像《小姐与流浪汉》（*Lady and the Tramp*）、《灰姑娘》（*Cinderella*）等，每当电影中响起迪士尼独特的带着合唱的音乐，我就会情不自禁地眼角湿润，完全沉醉于那单纯而又美好的画面之中。

另外，我还很喜欢父亲以半游戏性质制作的一些短篇动画片。他称之为"实验动画",每一部我都觉得十分有趣。小时候只要想看了,我们就围着父亲,一个劲儿地求他放给我们看。那些作品基本上都没有台词,只有背景音乐和画面。比如《某街角的故事》,真的是一部非常优秀的作品,虽然制作手法很简单,算不上十分细致,但构思巧妙,画面也很优美——至少在画面上下了很大工夫以求完美——里面也没有用到阿童木等任何一部其他漫画里的人物,全部都是原创角色。

我最喜欢的一个短篇动画,采用穆索尔斯基[①]有名的交响乐《图画展览会》作为配乐,这应该是受到了迪士尼动画《幻想曲》(*Fantasia*)的影响。这部动画虽然篇幅很短,每个镜头、每个画面的绘制手法却各不相同。手冢治虫很注重在不同的漫画中采用不同的绘画手法,在这方面他真的非常擅长。对父亲不熟悉的人,看到如此迥异的画风,恐怕认不出它们都出自一人之手吧?都说优秀的漫画家应该会几种不同的画风,在我看来,父

[①]穆索尔斯基(Modest Petrovich Mussorgsky),俄国作曲家。《图画展览会》是他创作的钢琴套曲。

亲起码掌握五十种。

我还很喜欢一部叫作《回忆》（めもりい）的五分钟左右的短篇作品，里面用了照片剪接的方式，还故意用遣词比较古旧的旁白来配合，但整部作品却显得并不迂腐，反而异常有趣，感觉轻妙、洒脱，十分前卫。我想，这才是真正领会了蒙提·派森搞笑精神的作品，尽管这部作品与父亲的其他作品相比显得有些格格不入。

说了半天，其实我想说的是，自己应该算不上手冢动画的狂热粉丝。但是对于父亲那些不受外界制约，只是随自己喜好而制作的短篇作品，却是对每一部都爱不释手。在创作生涯后期，父亲制作的《跳跃》（ジャンピング）以及《破烂胶片》（おんぼろフィルム）等作品，得到了无论年龄、不分国籍的人们的喜爱，并不是因为技术或质量上的原因，而是作品本身所表达的对动画的那份最真实的情感打动了观众。它们是父亲抛开身上漫画和动画大师等诸多光环，自由表达自己对动画的情感的作品。作为儿子，当我看到他这样的作品时，也由衷地替父亲感到高兴。

漫画与手冢治虫

如鱼得水——父亲遇见了漫画，对他来说是无比幸福的事。很少有人能够在自己的人生路上遇见自己如此喜欢的事业，而自身还正好拥有这样的才能。

父亲在十岁左右就开始画画了，一直到他去世，在这半个世纪的时间里，他不分昼夜、废寝忘食地坚持创作，可以说，漫画陪着他度过了一生。虽然我总是感叹，到了这个地步父亲居然都没有厌倦画画，但我想，对他来说，漫画的乐趣胜过世上任何事情，是一个专属于他的，可以令他忘却一切、只专注于此的世界。

父亲很重视朋友之间的交往，朋友聚会都会很认真地一一出席。可是即使是和朋友们一起去个酒吧，他也喝得很少，而且没过多久便回来了。用他的话说，"酒这东西一直喝啊喝的，到底有什么意思啊？有这时间还不如回来画稿子。"像我这样工作时都喜欢喝点小酒的人，真是完全不能理解父亲为何能说出这样的话来。

再怎么被称为超人，父亲毕竟只是个凡人，也会累，也会有压力。而父亲既没有充分的休息时间，也不运动，还不碰烟酒，那他到底是通过什么来舒缓自己的压力呢？虽然有很短一段时间，父亲曾经摆样子般抽过烟，可因为不小心烧到了画稿，自那之后就再也没抽过烟了。

于是，父亲的选择还是画漫画。造成压力的原因反过来也是舒缓压力的手段，正可谓"解铃还须系铃人"。当看到自己历经千辛万苦终于完成的作品时，那种成就感、充实感，会令之前所有的辛苦都瞬间化为过眼云烟。对父亲来说，工作本身比什么都好，可以给自己带来满足感，要是哪天工作少了，那才是最大的压力呢。

关于父亲作画时的具体样子，我也不太好说，因为我其实并不能经常见到父亲作画时的样子。尤其到了晚年，父亲喜欢一个人待在房间里，在那个阶段，工作人员之中也有好多人没见过父亲具体工作的样子。

不过有一天，我正巧有事到父亲的房间去找他，看到地铺的枕头边放了三张画稿。那是三部不同的连载中的漫画，都已经到了描线阶段。这一张只画了脸，而那一张只画了手腕，也就是说，父亲是把所有的连载用同样的进度在进行创作的。这应该又是父亲工作上的一个技巧吧。专注于一本连载，一气呵成自然是最理想的状态，可这对同时等着父亲交稿的其他杂志社就会不公平。到底先完成谁家的连载才是正确的呢？最后拿到画稿的杂志社势必会处于不利的局面。为了解决这一问题，编辑们曾经有过一个决定顺序的会议，会议上讨论决定先画哪家，到哪一天的几点为止又是哪家，再往后是哪一家。可父亲终究也是人，做不到像机器那么精准，也不可能所有画稿都按时完成。于是第一家影响第二家，第二家又影响后面一家，到头来所有画稿的交稿时间又都重叠在一起了。所以，为了公平起见，父亲还是决定同时进行，一页一页地画，最后同时交稿。编辑们也就不好再说什么了。

创作漫画首先是画出分镜大纲，接着是描线。描线阶段结束后，就基本是一些上色、绘图之类的比较容易估计时间的硬性工序了。所以，碰上好几个作品的交稿时间重叠的时候，父亲甚至还曾经展示过一心二用的本领，这边描着线，那边则把另一部漫画的对白口述给编辑，让他们记录下来。

看到父亲忙得如此焦头烂额，经纪人也曾经劝过他，是不是适当地减少一点连载量。当时，父亲回的一句话甚至可以称得上名言了："一部连载也好，十部连载也好，花的时间都是一样的！"因为如果只有一部作品连载，父亲就会更加仔细地画图，而如果是十部一起连载，父亲也会想出办法，保质保量地完成所有任务。

就是这样一个如此热爱漫画的父亲，只要是和漫画相关的事，他就无法置身事外。

别人的作品，只要有时间，他都会尽量读一下。父亲对每一个同行、每一个竞争对手都十分尊敬，可有时候也会不甘示弱甚至忌妒。

　　手冢治虫好忌妒其实还蛮有名的。只要有别人的作品，哪怕只是那么一点点比自己的漫画受欢迎了，他的评价就会十分毒舌。当然，父亲绝不会当着作者的面评价，他会把漫画拿给自己的工作人员看，问他们："你倒是说说，这部漫画哪里有趣了？"杂志上搞的那些人气投票，他也一直很在意。其实要成为那些个榜单的第一名，并不是一件很容易的事，因为那毕竟只是一时的人气而已。读者也好，编辑也好，其实都明白手冢治虫并不是只流行一时的漫画家。可就算这么跟父亲解释，他也不干，每一次都希望自己是第一名。也许这种不服输的劲头，也是父亲激励自己不断努力上进的能量来源吧。对输赢并不是特别看重的父亲，就只有在面对漫画时是个例外。

　　提起《铁臂阿童木》，经常会有另一部漫画被同时提起，那就是《铁人28号》（铁人28号）。这是横山光辉先生受到父亲的影响，在同一本杂志上连载的漫画。有一段时间，它的人气甚至超过了作为鼻祖的阿童木。

从那以后，父亲便视横山先生为敌。横山先生也是一样不甘示弱的人，还跟在阿童木的后面把《铁人28号》也动画化了。那一次，父亲是真的相当生气。

另外，体育漫画也算是父亲的眼中钉。因为父亲对体育一窍不通，所以就只有这类漫画，是父亲无论如何也画不出来的。福井英一先生的《寸头小子》（イガグリくん）作为日本体育漫画的始祖大热之后，父亲怎么都觉得咽不下这口气，甚至在自己连载的《漫画教室》（漫画教室，1952-1954）里把这部漫画拿出来当反面教材批评。后来，福井先生边骂边冲进工作室来兴师问罪了，父亲一个劲儿地道歉才算了事。两个人把彼此当成对手，本来在漫画界是一个很好的竞争，只可惜福井先生在开始《赤胴铃之助》（よわむし铃之助）的连载后突然去世了。

另一个对父亲造成很大威胁的是剧画[①]。它的出版可以说是真正意义上撼动了父亲构筑起来的故事性漫画

[①]漫画的一个分支，比起漫画的卡通风格，画风更加写实，内容也与一般积极向上的漫画不同，多描写社会现象等比较严肃的主题。

地位。白土三平先生的《忍者武艺帐》（忍者武芸帳影丸伝）在年轻人中得到广泛好评以后，父亲虽然嘴上满不在乎地说，这样的东西一定不会长久，可实际却也做了不少努力，向那样的作品靠拢。故意把画风改得写实一点，又在内容里加进了严肃、冷酷的描写，真是好不辛苦。而剧画杂志《GARO》创刊以后，父亲为了与之对抗，也迅速成立了《COM》杂志。

这么争强好胜的父亲虽然有点孩子气，但这正是手冢治虫精神动力的来源。不安于现状，也许正是使父亲长期活跃于一线的理由之一。

只要有年轻的漫画家出道了，父亲总是会去注意他们。我和冈崎京子小姐是朋友，有一次我在家看她的漫画，父亲过来把漫画拿过去，十分认真地看完后表扬道："这个人的颜色用得不错。"冈崎小姐本来就是父亲的忠实粉丝，我跟她这么一说，她高兴得都哭了出来。

最让我吃惊的一件事，发生在我看望月寿城先生的第一部单行本时。那时的他还不是那么有名，是那种只有少数人才会知道的漫画家。父亲对我说拿来看看的时候，我也不知道为什么不经大脑思考地就说了句"画得很烂的"。那时，望月先生的画还不像现在这么风格简洁，而是恶搞般的剧画风格。可是谁知道，父亲看完还给我时说："嗯，这个人很不错呢。"我真的感到很意外，原来漫画的好坏并不取决于画功，父亲一定是在看似戏谑的、乱糟糟的画面中瞬间读出了作者的实力吧。事实证明，父亲的眼光也是正确的，后来望月先生不仅拿到了手冢治虫文化奖，而且直到现在还是经常被媒体提到的国民漫画家。当时的我是绝对没有想到的。

当然，父亲的眼光也是十分挑剔的。大友克洋先生的《童梦》（童夢）以及《阿基拉》（アキラ）相当有人气的那段时间，父亲曾说："现在我没法评价他，只有几年之后才能知道此人是否真正有价值。"这话传到大友先生的粉丝耳朵里以后，粉丝们对父亲发起了猛烈的还击："手冢治虫已经过时了，接下来是大友克洋的时代了！"其实父亲说那番话之前，就已经做好被这么攻击的准备了；不管哪个时代，父亲都曾经被人说过"手冢已经过时、已经完了"，但很多时候，反而是当时的人气漫画家比父亲更早消失在大众的视野中。父亲会说那样的话，正是知道了如果真发生那种事的话肯定会不好受，所以才说出了看似严苛的评价，其实更多的是对大友先生的一种保护和期待。作家们总是到最后才明白父亲的伟大和用心。大友先生后来也在自己的漫画《阿基拉》的单行本最后一页上，写了"手冢老师，谢谢你"这句话。

日本的现代漫画，从手冢治虫开始，之后也一直靠着手冢治虫的支持而不断发展壮大。其实最明白这一点的正是父亲本人。也因为这样，父亲感受到的是旁人所无法理解的对日本漫画事业的责任感——一份如父母对孩子一般特别的情感。

从这个意义上来说，漫画才是手冢治虫真正的孩子。不是单纯的某一部作品，而是整个漫画文化才是他辛苦拉扯大的孩子。时而温柔抚慰，时而严格要求，保护他不受外界攻击，只要他能够成为完美立足于社会的孩子，即使自己粉身碎骨也在所不惜。还有别的人可以为漫画做到这个地步吗？

一直努力创作漫画的人总归是有的，挑战各种漫画类型的人也有，画出广受欢迎甚至成为社会现象的漫画的人也有，还有向新型漫画挑战的人，我想应该数不胜数。可是，把别人的漫画也包含进来，小心翼翼地努力培养漫画文化的人，我认为只有手冢治虫。

作为他亲生儿子的我，都没有感觉到自己被如此培养。说不管死活是不太好听，但我的确是被自由放养了。但是，我不会忌妒漫画半分的，因为就像我需要我的父亲一样，漫画也很需要手冢治虫。

所以，当父亲去世时，虽然我十分悲伤，却并没有受到打击，因为我还有电影。而因失去手冢治虫而受到打击的，应该是整个漫画界。

动画与手冢治虫

对漫画与动画之于他的关系,手冢治虫曾经这样打趣道:"漫画是正房太太,动画是情人。"说得还真是贴切。有时候忙起来,还真的会有人来问:"今天您住在哪一边?"

比起漫画来,制作动画需要花费更多的时间和精力。决定故事内容、设定人物角色的步骤虽然和漫画相同,但是制作动画的后续步骤要复杂许多。制作分镜,绘制原画,再配合背景用专业的摄像机进行拍摄,接下来进入后期剪辑阶段,最后配上台词、音乐和音效,这才算完成。这么多的工序,一个人是几乎不可能独立完成的。

虽然以父亲的能力,真要想一个人制作动画的话,也未必就不可能。只是真要这么做了，他就没有时间去画漫画了。而且，动画片每个礼拜都要播出，一个人制作，时间上也不允许。所以，动画必须要在众多工作人员的共同协力下才能完成。

"虫制作"成立初期，漫画、动画两项工作同时进行，两边的工作都有拿回家里来做的时候，但所有的工作人员凑在一起，就难免会有人堂而皇之地做着和自己毫无关系的工作，任谁看了心里都有想法吧。顺利时倒还相安无事，一旦遇上工作进度慢了的时候，两边就会发起对父亲的"争夺战"。"不来我这边的话工作就进行不下去了"、"不不，还是我们这边更需要老师"……就这么你拉我拽，吵起来也不足为奇。

不管父亲的脑子转得有多快，手毕竟只有一双。就算点子层出不穷，没有时间和助手，再怎么想把点子做好，都不过是纸上谈兵。从这个角度来说，动画毕竟有众多工作人员参与，有时候还有导演在，父亲还能放心把事情交给大家去做；可是漫画就不同了，漫画必须要父亲亲力亲为，一张一张地画。

所以没有办法，父亲倾注在动画上的时间自然就少了。

关于动画制作，恐怕父亲也是一直没有得到让他满意的结果吧。他内心一定也因为不能在动画制作上付出更多的努力而充满愧疚。如果真的可以限定时间，完全把心思放在动画上而不用顾及漫画，他应该会做出质量更高的动画作品来。关于这一点，我也为父亲感到遗憾。不过二者相比，如果说漫画是一棵摇钱树，那么与之相反，动画就是烧钱的无底洞。漫画要想重新画一张画稿，浪费的只是时间，而一旦动画想重新制作一分钟的画面，就必须投钱下去。

手冢治虫的人生就是不停地把在漫画上赚到的有限的钱，投入到无限烧钱的动画事业之中。越是做动画，赤字的雪球就越滚越大。可即使知道这不赚钱，父亲也停不下手来。亲戚朋友大多对父亲开始做动画事业竭力反对。"老师，求您了，就不要再做动画了。"就算是母亲，看到父亲在做动画的企划时，也经常会生气地表示反对。

其实，在《铁臂阿童木》的动画制作开始前，预算方面就已经捉襟见肘了。电视台的人说，动画制作花的钱太厉害，不可能每个礼拜都播出，可父亲硬是答应下来说，可以和别的周播节目花一样少的钱来制作。虽然，当时父亲的心中可能的确有了又快、又好、又省钱的制作方法，可是结果依然让工作人员不论在时间上还是在金钱上都吃了不少苦头。

父亲为了填补制作动画造成的赤字，就更不能在漫画上有丝毫的松懈了。想通过动画来赚钱，然后悠然自得地画着自己最爱的漫画，最初的美好愿望终归只能是愿望，现实是残酷的。

到头来，赚钱的不是制作动画的父亲，而是那些卖动画人物周边产品的人，这一模式直到今天依然没有改变。

要不是手冢治虫中途插手动画事业，而是对漫画从一而终，我家一定会成为富豪之家。但事实上，父亲却把钱都花到了动画上，虽然留下了作品这一"财产"，可父亲剩下的钱和他的实力与名声相比，真是少得可怜，没有欠债已是万幸。

让手冢治虫如此为之狂热的动画,究竟是什么样的呢?

动画(animation)这个词的语源是 animism,父亲在很多场合都提起过。泛灵论(animism)是发源于十七世纪的哲学思想,认为自然界的一切事物和现象都具有意识和灵性。不光是活着的生物,大到山峰,小到道具,每一个物体都有生命,都存在神灵的意识。就如萨满教[①]一样,日本也有独特的"八百万神灵"[②]的信仰,两者说的都是同一件事。动画也是如此。给原本没有生命的物体赋予生命,让它们说话、唱歌,让静止的画面自然地动起来,这就是动画。这是一项和生命有着直接联系的艺术。

父亲如此热爱动画的另一个原因是,动画可以改变

---

①萨满教,起源于亚洲北部的宗教,信仰万物皆有灵。
②日本神道的一种说法,认为万物皆有神,所到之处皆有神。"八百万"为无限之意。

物体的形态。生物学上有一个词叫作完全变态发育，比如小蝌蚪变成青蛙，指的是动物在发育过程中，从一个形态变成完全不同的另一个形态。而动画的精妙之处就是可以做出这样的变化来。在父亲的眼里，这和他幼年时代最爱观察的昆虫的变态发育是一样的吧。

那么，是不是只要画面动起来，有了变化，那就行了呢？倒也不尽然。

基本上，手冢治虫比较偏爱带有古典美的事物。他的很多作品虽然都是以追求现代品味为出发点，但最终还是会落脚于古典美上。

父亲年轻的时候喜欢迪士尼的动画，我相信，比起故事内容来，动画本身优美的画面和音乐才是吸引他的最主要原因。平时父亲听的音乐也全是古典乐。工作室里放着大概好几百张古典乐唱片，每次开始工作前，父亲就会像电台的主持人一样，根据漫画的内容选好音乐后播放。

所以，其实这才是父亲真正想制作的动画吧，就像迪士尼出品的《幻想曲》，通篇流淌着悠扬的古典音乐，画面也是优美动人。

父亲做过一个叫《图画展览会》的短篇动画，前文也提到过，就是借鉴了《幻想曲》，视觉效果十分绚丽。但有一点和《幻想曲》天差地别，那就是制作费用。估计父亲制作短篇的费用还不及《幻想曲》的十分之一，甚至是百分之一。而费用短缺对于动画制作来说意味着什么呢？这么说吧，电影画面平均是每秒二十四帧，这是可以让画面自然、流畅的最低保证。如果帧数不够，画面就会让人觉得卡。日本动画片由于时间和预算不够，一秒钟通常就只有八帧。没有钱，你就必须放弃流畅自然的优美画面。

手冢治虫就是在这样艰苦的条件下，尽了他最大的努力。但是很可惜，在父亲的有生之年，他没能等到制作出自己心目中完美动画的那一天。时间和费用还是很大程度地制约了父亲的创作，可即使这样，他也从来没有放弃过努力。尽管对他来说，这个梦想就如同触碰不到的恋人一般，永远只是梦想。

现如今，不论是预算数额还是制作水准，日本的动画都已经可以和迪士尼相提并论了，画面也相当流畅、优美。且不论那是不是父亲喜欢的古典美，但想必他泉下有知，也一定羡慕得不得了吧。

手冢治虫还参与制作了几部动画电影。

想必大家对《火鸟2772》还记忆犹新吧？《火鸟》曾出过几个动画版本，但那都只不过是授权给了制作方，父亲并没有参与其中的制作。《火鸟2772》是为了制作动画电影而重新写的一个漫画里所没有的故事。原作中一直性格善良的火鸟，突然之间变成了巨大的魔鬼，他眼泛凶光，杀红了眼似的冲向宇宙飞船的样子，让很多人觉得出乎意料。可能是父亲受到了当时斯皮尔伯格导演的《大白鲨》（Jaws）以及《第三类接触》（Close Encounters of the Third Kind）等电影的影响吧？

《火鸟2772》是父亲生前制作的最后一部动画电影。在那之前，他在七十年代还制作过两部动画电影——《一千零一夜》和《克娄巴特拉计划》（クレオパトラ）。

无论是在父亲制作的动画电影中，还是在日本的商业动画片中，这两部作品都算是我最喜爱的动画电影。这两部被外界称为"动画剧（アニメラマ）"的作品，完全是面向成年人而创作的，且自身也极具创新性。现在的大人也有喜欢动漫的，好多人是从小就喜欢看，长大了继续喜欢。但说起动画片，在人们的印象中大多还是给孩子们看的东西。更不用说是在当时的日本，那时，就连给小孩看动画都还没有被大众接受，父亲却已经如此前卫，光明正大地制作出了给大人看的动画。不得不说，这是一个革命性的创举。

两部动画的故事都是取自世界著名典故，并非父亲的原创，因此驾驭起来也远没有自己的作品熟悉。可父亲还是特意为了在动画中表现出不同的感觉，请其他人来设计故事中的人物形象，而他请的人更是让很多人大跌眼镜。《一千零一夜》明明是给大人看的动画，而且作品里还有不少限制级画面，可是请来的人物设计及美术指导却是柳濑嵩先生，没错，就是那位创作出孩子们心目中勇敢可爱的面包超人（アンパンマン）的柳濑先生。《克娄巴特拉计划》请来的人物设计，倒的确是很擅长表现性感、香艳的曲线美的小岛功[①]先生；故事内容也被改得让人耳目一新，人物被赋予了现代人的思想观念，整部作品成了一个探寻那个时代人物内心秘密的科幻故事。埃及艳后在故事中其实是个整形美人，还有个误打误撞地附身在一头豹子身上的人，总之故事内容天马行空，包含了大量无厘头的恶搞或是只有幕后人员看了才知道的笑点，可到最后却是一个令人感动得不禁潸然泪下的大结局，连我看的时候也没能忍住。在这部作品的制作团队中，另一位不得不提的是音乐指导富田勋[②]先生，他所创作的音乐，首首都是打动人心的好作品。

这两部充满了父亲创作欲望的作品既像杂货铺，又像是大人也有的打翻了的玩具盒，在里面你能找到各种各样的东西，却又十分奇妙地带有强烈的统一感，看完后的感受更是绝不亚于一部电影大片所能带来的震撼。

---

①小岛功，日本漫画家，代表作有《仙人部落》等，以极具现代感的性感画风著称。
②富田勋，日本作曲家，电子音乐先锋人物，是第一位成功地把电子合成乐引进古典音乐的乐师，也是古典合成派的代表人物。

当然，作品的实验性太强，有些内容相对偏激也是事实，可瑕不掩瑜，这仍然不能动摇它们在我心中的地位。

有一种说法，就是把一些作品称为手冢动画的"代表作"。我不喜欢代表作这个说法，内心一直对其有抵触情绪。我更希望大家说，这些作品是"手冢治虫风格的动画"。

的确，手冢治虫在日本商业动画史上的地位和影响是有目共睹的。他还留下了几部十分优秀的短篇作品，其中一部还被法国的专业人士评为"电影史上百佳短片"之一。可即使这样，与父亲作为天才漫画家取得的成就相比，动画依然显得微不足道。虽然对于动画，父亲倾注的是比一般人更多的精力和心血，但他依然不能被称为动画天才。当然，在手冢治虫之后，日本也并没有出现动画天才。

所以，在我看来，手冢治虫虽然一生都怀揣着对经典迪士尼动画的向往，但其实他更多的是对动画本身的兴趣。在追求古典美这一意识的驱使下，他一直努力地改变、更新着动画在人们心中的地位。

作为儿子，我也真心希望可以看到父亲一直随心所欲地创作自己风格的动画。

最近，我做了一个关于父亲的梦。

梦里，我和父亲一同出席了一部手冢治虫新动画的首映礼，现场来了很多的同行、媒体朋友。可当放映开始后，令人吃惊的是，银幕上的画面与其说是动画，不如说是更接近现实的一个世界。画面无比细致，就算仔细看也难以分辨究竟是不是动画，可以说已经完全看不出手冢动画的影子了。电影结束后，很多父亲的同行都很愤慨，激动地站起来指责父亲，指责他作为手冢治虫怎么可以做出这样的东西，指责那根本就不是动画，还说要重新召集工作人员，把这部片子再重新制作一遍。而父亲却一直坐在自己的位置上，只是默默地任由大家批评。

终于我忍不住了，大声地开始反击："你们都说什么呢！这才是手冢治虫最新的挑战好吗？！这样的动画片你们以前看过吗？你们以前做过吗？父亲就是在做这样的挑战，你们怎么连这一点都不明白呢！"

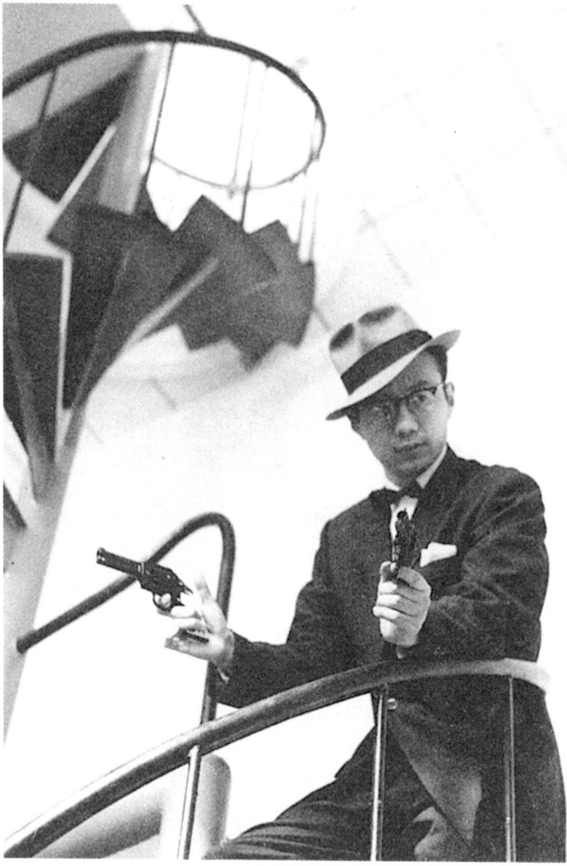

04
电影是我们共同的语言

共同的话题：妖怪

父亲那么忙，见面的机会也少，我很难得才能和他坐下来好好地说上一会儿话。不，准确地说，应该就没有好好地说过话。

有其父必有其子，我和父亲的这个性格也不知道究竟是优点还是缺点，与人交往总是会保持适当距离，尽量以礼相待。明明是父子，却比外人还讲礼貌。有时早上在过道上遇见，也会像对外人一样轻轻鞠躬说一句"您早安"，要是正巧都是往洗手间走，哪怕对方只比自己早了那么一步，也会马上让对方先去。这样的关系很奇怪吧？可我们就是这样的。

我们之间共同的话题，在我记忆范围内首先想到的，就是妖怪。

不知为何，我从小就特别喜欢妖怪。

当然不是真的妖怪，是电影、电视和漫画里的妖怪。

在我成长的二十世纪六十年代，妖怪、怪兽、科幻等，总之就是一些不可思议或是可怕的东西，一直都很流行。

漫画界有《怪物鬼太郎》（ゲゲゲの鬼太郎）、《小鬼Q太郎》（オバケのQ太郎），电视上则是《奥特Q》（ウルトラQ）和《奥特曼》（ウルトラマン）的天下，最受欢迎的电影也是卡美拉、哥斯拉系列。反正，对小时候的我来说，怪兽和妖怪也没什么区别。我会抛开父亲的那些动画片，热衷于观看各种怪兽节目。

虽然具体原因记不住了，但我还很清楚地记得，大概是在我七岁的时候，和父亲一起上了一档叫作"怪兽总进击"的哥斯拉系列节目，去做宣传。当时主持人问我："小朋友，你知道多少怪兽啊？有没有一百种啊？"我还特别骄傲地说："我知道两百种！"

《公元前一百万年》（*One Million Years B.C.*）和《暴

龙谷》(*The Valley of Gwangi*)这样的恐龙电影上映时，我曾缠着母亲带我去看。这些电影都可以称得上是后来《侏罗纪公园》(*Jurassic Park*)之类的恐龙电影的始祖。雷·哈里豪森[1]采用的定格动画拍摄技术，放到现在看都毫不逊色，比当时让人穿上怪兽衣服的日本电视节目真实多了。

虽说是小孩，我倒并没有相信那是真的恐龙，而是沉醉于电影精良的制作技术中，心里暗暗发誓，将来一定也要拍一部怪兽电影。这个愿望虽然至今依然只是个梦想，不过我相信，在不久的将来我一定会梦想成真。

如果没有记错的话，与大映电影公司制作的《卡美拉》（大怪獣ガメラ）连映的是从《妖怪百物语》（妖怪百物語）开始的妖怪电影三部曲，其实比起《卡美拉》来，我更着迷于后者。正好，父亲当时也处在《狼人传说》（バンパイヤ，1966—1969）和《多罗罗》（どろろ，

---

[1]雷·哈里豪森（Ray Harryhausen），美国定格动画大师、电影视觉特效大师。

1967—1968）的创作期，有时也会跟我聊起妖魔鬼怪来。我想，这是更让我觉得可以肆无忌惮地喜欢这些怪物的另一个理由吧。总之，父亲只要看到有什么恐怖电影的照片或是报道，总会先拿来给我看。

家里还有一套江户时代的画家鸟山石燕的作品《画图百鬼夜行》，我想那应该是父亲用来做漫画参考资料的。这套书用简洁的水墨画描绘了很多妖魔鬼怪的形象，听说不光是父亲，像水木茂先生等一些漫画大家都曾经拿来做过参考，是日本妖怪文化的开山之作。那时，我也经常向父亲借这本书，真是百看不厌。这本书现在还被我珍藏着，那是父亲留给我的宝贵财产。

小时候，我因为实在是太喜欢这本书了，喜欢到自己也想画一本，于是找来不用的日记本，在上面也像模像样地画起了自己眼里的妖怪图鉴。所有的妖怪都是我原创的，大概画了几百个。父亲看着有趣，还把它们拿到了工作室去给大家看，其中有一个妖怪还有幸被选中，经过加工设计后用进了父亲的漫画里。

这个妖怪在《多罗罗》中登场，名叫"四化入道"。

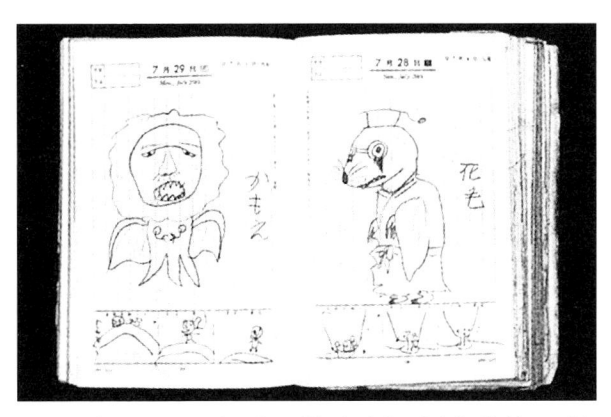

笔者手绘的妖怪图鉴，画在没有用过的日记本上。右边的妖怪被漫画《多罗罗》采用。（一九六八年）

笔者两岁时的涂鸦，画的是父亲的样子，画在用于制作动画的纸上。（一九六四年四月）

漫画《多罗罗》里的四化入道。（手冢制作）

我本来给这个妖怪取的名字叫"死毛",设定是由一头死了的鼹鼠变化而来的妖怪。父亲把它略作修改,改成了由老鼠变化而来的妖怪。当时,《多罗罗》的动画正在电视上播放,我已经不记得父亲把我的这个妖怪是先放在漫画里还是直接用在动画上了。但听说,"多罗罗"这个名字本身就是我发"强盗"这个音发不准才激发了父亲的灵感的[1],尽管我本人对这件事毫无印象。

涉及变身题材的《狼人传说》也在电视上播放过,这是部真人出演的作品,不过狼的形象是动画合成的,花费了好多工作人员的心血。虽然我前面说过很多遍,我对电视上放的动画片兴趣不是很大,但是这部《狼人传说》的魅力连我也没能抵挡住。片头三个魔女以麦克白的方式登场的画面,让人感受到与日本怪谈电影不同的欧美风,实在令人兴奋。

我对这部片子特别感兴趣的另一个原因是,在《狼人传说》里,父亲亲自上阵扮演了自己;正因为这样,

---

[1] "多罗罗"的日语发音为 dororo,与强盗的发音 dorobo 相近。

我家也成了取景地之一。主演水谷丰先生正是以这部作品出道的，他有一场晚上变身狼人的戏，拍摄地点就在我家的院子里，当时院子里灯火通明，而我偷偷地躲在角落看着他们拍摄。我至今都还记得，当时水谷先生正趴在地上痛苦地演绎着变身，附近的老奶奶经过，还以为真出了什么事，特意靠过去看他，结果导致拍摄NG。

小学的时候，我还看了不少国外的恐怖电影（当时日本称之为怪奇电影）。

电视台把当时环球电影制片公司旗下的一些黑白恐怖电影（类似吸血鬼或科学怪人的恐怖老片）经过剪辑、编排，在一档叫作"震惊！"的特别节目里播出。说真的，我当时有点害怕看这个节目，可仍然抵挡不住诱惑，硬是半闭着眼睛，心惊肉跳地把它看完。

不知道为什么，家里还有一本《电影世界的著名怪物》（*Famous Monsters of Filmland*），明明里面的英文单词一个也看不懂，我却经常捧着这本书，以看里面的图片为乐。现在想来，这完全是一种宅男行为。

也因为这样,我最初记住的英文净是些"horror(恐怖)""vampire(吸血鬼)""werewolf(狼人)"之类可怕的词。杂志上还有不少在当时的日本根本就看不到的恐怖电影,天天拿在手上看的我不久就可以对里面的东西如数家珍了,有些比父亲还要熟悉。我就是这样天天看着书,和父亲讨论着关于怪物们的事情。

进入七十年代,和《驱魔人》(*The Exorcist*)一起到来的是超自然现象热。中冈俊哉[①]先生的灵异照片集大卖,而我,也自认为有着完全不输给专家的超自然知识。灵异现象、UFO、超能力、死后的世界……总之,我对这些方面感兴趣得不得了,不知看了多少这方面的书。最后,我甚至连歌德和荣格的著作也开始涉猎了,绝对是认真地想当一个神秘主义少年啊。还记得学校的语文课要求大家写作文,我甚至连作文题目都是"人们为什么不相信超自然现象甚至还嗤之以鼻",结果老师干脆来了句评语——反正我是不会相信的。

---

①中冈俊哉,本名冈本俊雄,日本超自然意识动力纪录片导演,亚洲超自然意识动力学会主席。

母亲毕竟是女性，最讨厌这些可怕的、血淋淋的东西。所以，看到我对这些东西竟然如此着迷，她相当不满。每次我买那些橡皮蛇呀橡皮蜥蜴之类的玩具时（这些东西在我家甚至被称为下手货），母亲总是一脸厌恶地指责我。不过这也是人之常情吧，更何况我小时候还喜欢吓唬别人，老是拿着这些玩具去吓弟弟妹妹和朋友们。

父亲在这方面就宽容多了，他从不插手孩子们的兴趣爱好，绝不会强迫孩子一定要喜欢这个、不能喜欢那个。他觉得，孩子要是自然地喜欢上了这些东西，那也是没有办法的事。我想，这和父亲的成长历程也有关系吧，所以小时候，不管我喜欢的是多么稀奇古怪的东西，他都不会说什么。为此，母亲倒是没少埋怨他。

就像父亲对动画片的执着一样，对我而言，给予了我想象空间和梦想世界的，正是妖怪电影。

全家都是电影迷

父亲从年轻时代开始就是个电影迷。应该说那个时代的人，比起电视来，都更喜欢看电影吧？母亲也一样。可当父亲知道母亲是个大影迷时，却已经是在他们俩结婚以后，甚至是我们这些孩子都已经长大之后的事情了。据说有一天，父亲和母亲正巧在看一本杂志，上面罗列了战后在日本上映的外国电影。父亲和母亲就照着上面列出来的清单，一部一部地看自己有没有看过，结果母亲看过的电影居然比父亲还多，连父亲都大感意外。

正因为两个人都那么喜欢电影，所以他们有时候也会坐在一起，看看电视里的电影剧场节目，而我们这些孩子也不怕做他们俩的电灯泡。就算那些电影对我们来说有些无聊，我们也愿意和他们挤在一起，开开心心地看场电影。基本上，电影剧场只会放一些外国电影，就算情节看不懂，但是华丽的服装、优美的音乐、充满异域风情的场景还是深深地印刻在了小小年纪的我的脑海里。

还记得当时最红的就是以《乱世佳人》（*Gone with the Wind*）为代表，以及伊丽莎白·泰勒主演的《埃及艳后》（*Cleopatra*），还有《环游世界八十天》（*Around the World in Eighty Days*）等电影，总之都是大片。所以即使到了现在，我心目中电影的模样，也还是这种大制作。虽然也很理解那些充满了知性的清新小制作，可是内心还是更向往豪华与奢侈的。就算是演员，我也和父母一样，喜欢看到电影里偶尔友情客串的超级大牌明星。我自己拍的电影，有时候也喜欢这么做。

相反，我对日本电影就没有那么熟悉和喜欢了，这大多也是因为日本电影很少有大制作，让人感觉不到奢华，甚至有时候让人觉得寒酸。那个时候，父亲也很少看日本电影。

经常会有些电影的首映式邀请父亲去参加，通常都是针对媒体的内部开放首映式。只要时间允许，父亲就会带我一起去。当然，我们看得最多的还是妖怪电影。中学的时候，我和父亲一起去看过一部叫作《谋杀源于自然》（*Murder by Natural Causes*）的心理恐怖片，偶遇父亲的朋友，电影评论家石上三登志先生。石上先生对于父亲特意带孩子来看这样的限制级电影感到十分吃惊，而后，父亲还在咖啡厅内高谈阔论一部叫作《玉门之语》（*Pussy Talk*）的情色电影，更是搞得石上先生在我面前不知道该怎么接父亲的话茬儿。但我其实是看着各种成年人的杂志和漫画长大的孩子，对这样的话题根本就已经司空见惯了。

在和父亲一起看的各个首映电影中，对我影响最大的其实并不是这些恐怖电影，而是大师卓别林的喜剧。记得正是小学五六年级的时候，整个日本都流行重温卓别林经典系列，几乎他所有的电影长片都重新在日本上映。父亲带我去了《摩登时代》（*Modern Times*）的首映礼。只是这么一部电影，便让我彻底成了卓别林大师的俘虏，且不说黑白与无声电影给人带来的新鲜感，最让人惊叹的是大师一个人把演员、导演和音乐全都做下来了，而且不光是演那么简单，还表演了杂技，简直就是无所不能。无论男女老少，都随着电影时而笑时而哭。我第一次在手冢治虫以外的人身上看到了真正的才能。也可以说，那是我作为一个电影创作者最初的意识启蒙。

手冢治虫与科幻电影

我当然也喜欢看科幻电影,那些妖怪、怪兽类的电影,从广义上来说也属于科幻电影的范畴。

但是在科幻这个领域,我不再像谈论妖怪、怪兽那样信手拈来,毫无疑问,这绝对是父亲的权威领域。

父亲在漫画生涯的初期,画的一直是科幻题材的作品。可以说,在科幻作家(包括小说和漫画)中,父亲的影响力也绝对是不容小觑的。虽然在评价手冢治虫时,很多人都会冠以儿童漫画大师的称号,但其实,他本人应该更喜欢科幻作家这个头衔吧。

我八岁的时候,父亲带着全家(包括祖父祖母)一起去看了《2001太空漫游》(*2001: A Space*

Odyssey）。

地点是京桥（大阪的地名）的东京剧院，剧场造得很现代，屏幕也是当时最新的宽屏，整个电影院就像是电影里宇宙飞船的延伸部分。我还记得走出电影院时，天色已经晚了，我情不自禁地抬头看了好一会儿天上的星星。电影的内容，小孩子其实不太看得懂，或者说，大人也不一定能看懂。这部片子真正火起来是在二十年后的重新上映时，而最初的反响却非常一般。会在评价一般的时候就全家出动去看一部科幻电影的，或许也就只有手冢治虫家了。

其实，本来父亲也有机会参与制作这部电影的。导演斯坦利·库布里克看了在美国播出的《铁臂阿童木》后，特意写信过来，邀请父亲作为这部电影的美术设计参加制作。而之前就看过库布里克导演的《斯巴达克斯》（*Spartacus*）和《奇爱博士》（*Dr. Strangelove or: How I Learned to Stop Worrying and Love the Bomb*）的父亲，对于这样的邀请更是求之不得。可参加条件是需要在伦敦工作整整一年，这对于手上有"虫制作"和漫画连载两项工作的父亲来说，是绝对不可能做到的。于是，他最后只能忍痛割爱。父亲在给库布里克导演写的回绝信里说："这儿有二百六十个人等着我给他们饭吃呢……"导演却不知道是开玩笑还是认真地回复道："我没有想到你家有这么多人……"父亲后来把这件事写进了他的自传里。

相信父亲也是带着些许不甘的心情看完这部电影的，而后他的作品也很明显地受到了它的影响，描写未来时，以前各种虚幻如梦的场景变得更加具有真实感了。虽然对于这样的改变，也有不少父亲的粉丝表示了遗憾。

《2001太空漫游》给儿时的我留下的印象实在是太深刻了，以至于它也成了我对电影认识的一个里程碑。与其说我是看了电影，不如说我是直接体验到了宇宙，直到今天，我依然没有碰到第二部可以超越它的作品。也许，这就是我心目中理想电影的样子吧。

我和电影的特别体验，总是和父亲分不开。

其中最美好的一次，便是和父亲一起去了好莱坞。

对于一直喜欢看恐怖电影的我来说，好莱坞三个字，光是听到就让人感觉那么特别。能到好莱坞并在那里拍电影，便成了我最初的梦想。而我梦想的第一步，在中学的时候就已经实现了。

那是父亲去好莱坞的一次工作兼采访旅行，我完全是沾父亲的光去的。我和父亲的英语都只是半吊子，翻译也一直靠当时住在洛杉矶的漫画家楠高治先生帮忙。虽说时间只有短短的一个星期，可我的第一次海外旅行还是如此美好。整个旅程最值得一提的就是，我在电影的发源地好莱坞看了当时还没有在日本上映的《星球大战》（*Star Wars*）！而且还连着看了刚刚上映的《第三类接触》（*Close Encounters of the Third Kind*）！身边坐着的还是手冢治虫！真是再也没有比那个时候更幸福的了。

我们是在著名的好莱坞中国剧院[①]看的《星球大战》，观众们太热情了，和日本完全不同。那里的观众看电影时始终都很兴奋，不停地叽叽喳喳，就像是到了

[①]好莱坞中国剧院（Grauman's Chinese Theater），位于好莱坞大道，是全美国最著名的电影院。

游乐园一样。懵懵懂懂之中,我才知道原来美国人是这么看电影的。对他们来说,电影绝不是正襟危坐用来鉴赏的东西。既然是娱乐形式,电影就应该让人带着娱乐的精神去享受。

对于《第三类接触》,我又是另一种期待。一直以来,我都是斯皮尔伯格导演的粉丝,之前他的《大白鲨》在全球风靡一时,我也是从看预告片开始就喜欢得不得了,感觉自己遇到的将会是有别于恐怖电影的全新类型。斯皮尔伯格的作品从新好莱坞电影[1]中借鉴了冒险精神,又保留了环球电影公司在制作恐怖题材作品上的传统,将两者进行了完美结合。而这次的最新作品,居然还正好是我感兴趣的UFO题材,真是想让自己冷静下来、不要太期待都做不到。而实际上,这部电影也果然没有让我失望,尽管英语我没听懂多少,却不知怎地完全理解了这部作品。一起看的观众也相当兴奋。还记得飞碟

---

[1]好莱坞经历了自身从二十世纪五十年代到六十年代商业电影制作的衰退与电视对电影制作的冲击,及六十年代后期至七十年代意大利新现实主义电影和民族电影兴起与法国新浪潮的冲击之后,开始对近亲繁殖的类型电影从形式到主题进行反思。这一时期的电影称为新好莱坞电影。

降落的那一幕，有的小孩干脆直接从座位上站了起来，激动地指着屏幕，那样子就像是真的见到了飞碟一般。

看完两部电影后，我和父亲讨论起了哪一部更好看的话题。两个人的意见倒很是一致，认为《第三类接触》的前半部分最为出色，因为电影的后半部分——从外星人登场开始，总让人觉得渐渐失去了真实感，可这完全不影响电影前几十分钟那出类拔萃的拍摄技巧和引人入胜的故事情节。

父亲也是电影迷

父亲虽属于有一定鉴赏能力的电影迷，一直喜欢比较古典的作品，但这一点都不影响他对恐怖片和一些低成本电影的喜好。可以说，父亲已经是一个掌握了电影欣赏方法的高级影迷了。

但即使是这样，父亲也还是有不怎么看的电影。比如法国电影大师戈达尔的作品，再比如类似英格玛·伯格曼的《沉默》(*Tystnaden*)、《呼喊与细语》(*Viskningar och rop*)这样的作品。我想，父亲应该是不太喜欢那些过于灰暗或者思想过于超前的电影吧。他曾经在公开场合说过"我不喜欢那些只做表面功夫的电影"，同样的，父亲也很难喜欢上那些前卫电影。虽然他对追求画面优美的作品一直都有偏好，但对那些被称作"元电影"的，有意识地对电影自身进行呈现、探讨与批判的作品，他一直都评价不高。

实际上，我大学时曾经尝试过制作这样的电影，当时父亲也并没有给我好脸色看。话虽如此，他倒也没有过多批评我，只是一直念叨说："你真是比我还顽固。"在别人面前，他也不给我留情面，直接就说："我儿子的电影太阴暗了。"

我和父亲时常意见相左，记得最清楚的一次应该是对大卫·林奇导演的《蓝丝绒》(*Blue Velvet*)的评价了。我很喜欢这部电影，而父亲则觉得无聊至极，完全不明白我为什么会觉得它好。由影星丹尼斯·霍珀扮演的角色大喊一声"FUCK"之后，镜头向他靠近，紧接着下一秒他已消失在镜头中，只听见汽车离去的引擎声。这种叫作跳接的手法，在当时的我看来十分新鲜。而父亲却觉得这种剪辑手法显得过于廉价，像是学生水平的作品。另外，从内容上来讲，这部电影将人心的阴暗面完全暴露在了镜头前，人物显得是那么无可救药，这应该也是父亲无法对它产生好感的原因。毕竟从你死我活的战争年代走来的父亲，一直靠着对生活的希望和期待才度过了最困难的时代，而这种表现人性阴暗的电影，他看了会产生抵触情绪也就不难理解了。

从这一点上，就看出了我和父亲对于颓废态度的不同。其实只要是人，人性里或多或少都会带一点消极和负面的东西，区别只在于承认与否罢了。我觉得手冢治虫的作品缺少的恰恰就是对这方面的表现，虽然父亲本人并不这么认为。

当然，父亲的漫画里也并不是完全没有这种倾向。在早期的一些作品里，就有一些虽然表面华丽，气氛却有些诡异、颓废的画作。《缎带骑士》就是其中之一，受到宝冢歌剧所影响的部分，多少带了些颓废的气息。另外，六十到七十年代父亲挑战的那些面向成年人的作品中，也经常可以看到一些消极的内容，比如《迷幻少女》（ばるぼら，1973—1974）和《MW》（1976—1978）等作品里，对 SM、性倒错、疯癫等内容都有所涉及。但是，父亲本人的出发点是将这些内容作为反面教材进行批判性描写的，完全没有要肯定颓废作风的打算。

只要是谈论到动画或是一些好电影的时候，我和父亲的对话总是很投机，两个人的爱好毕竟还是很相像的。比方说父亲看了塔可夫斯基的电影《索拉里斯》(*Solaris*)回来，就会跟我讲很多很多关于电影的内容，而且会从中挑我特别喜欢的一些恐怖镜头，"满身是血的女人出现了"，"一个可怕的小人突然跳了出来"，绘声绘色地讲得很起劲。虽然这也可能是父亲对我的照顾，但是我更愿意相信，他是和我一样真心喜欢这部电影的。

父亲喜欢的动画，除了之前说到的迪士尼作品之外，还有弗莱舍[①]的《小人国》(*Gulliver's Travels*)、《虫先生进城记》(*Mr. Bug Goes to Town*)这一类古典风格的作品。家里的放映会也曾经放映过不知道是父亲本来就有的还是从哪里借来的胶片。总之，父亲推荐的这

[①]弗莱舍兄弟（Max Fleischer and Dave Fleischer），美国动画先驱，先后推出过《蓓蒂·波普》《大力水手》《超人》等家喻户晓的经典作品，早期一直是迪士尼的竞争对手。

些作品基本都是动画名作,我都很喜欢。

还有一些法国动画长片,如《国王和小鸟》(*Le roi et l'oiseau*)和《奇幻星球》(*La planète sauvage*)等,有着和日本商业动画片完全不同的气质,它们也对我后来的电影创作产生了很大的影响。

到了八十年代,世界现代艺术思潮逐渐涌入日本,一些之前很少见到的电影也变得越来越容易看到了。一次很偶然的机会,我入手了一套萨比格尼·瑞比克金斯基[1]的动画短片集,父亲十分中意其中一部叫作《探戈》(*Tango*)的作品。《探戈》作为一个讽刺短片,利用照片来制作动画,形式上和之前父亲的作品《回忆》倒是有着异曲同工之妙。作品描写了一个小小的房间,每个人都穿梭于房间中各自干着不同的事情,房间非常狭小,堪比早晨拥挤的公车,里面的人却可以完全形同陌路,根本不在意周围的人到底在干什么,只是自顾自地忙碌着。整部作品的内容很难用语言表达,本身既没有

---

[1] 萨比格尼·瑞比克金斯基(Zbigniew Rybczyński),波兰实验动画大师,代表作有《探戈》《阶梯》等。

说明也没有台词，但的的确确是一部可以让人忍俊不禁的作品。还记得父亲大笑着看了这部作品好几遍。后来他也考虑要制作一部叫作《聚会》的短片，企划案中短片的内容同样也是一个动画工作者在狭窄的房间里工作，突然涌进了许多人把房间挤得水泄不通。很遗憾，这部作品最终只停留在了企划阶段，并没有付诸实施，但我想，父亲应该是从《探戈》中得到了灵感吧。

在广岛国际动画节上，父亲看了匈牙利动画短片《苍蝇》（*A Légy*）后也同样兴奋，这是一部通过苍蝇的视角来展现故事的作品，启发了父亲创作了短片《跳跃》和《蚊子》（モスキート）。这里要特别提一下《蚊子》，同样是一部最后没有制作的作品，描述的是孤身一人的登山家和一只蚊子"斗争"的喜剧故事。作品中用动画表现蚊子，而背景以及被激怒的登山男子则使用照片来表现，在这一点上，相信父亲也是受到了当时海外的一些艺术作品的影响吧。

现在我也经常会用照片来制作一些动画，与父亲不同的是，我的动画通常都没有情节，更抽象，更内敛，相信父亲如果看到我现在的作品,一定会批评说不够生动有趣吧。

父亲就是这样,明明光是漫画就已经够他忙的了,却还时时不忘思考各种动画短片的企划,只要逮到机会就会进行制作。这些短片虽然篇幅不长,可是花的钱却一分不少,内容精致的作品通常都要花费数千万日元。也因此,虽然父亲的想法千千万,最后能够实现的却屈指可数。

《森林传说》(森の伝説)就是一部构思了二十年的企划,原本是打算参加第二届广岛国际动画节展览的,结果却因为时间限制,进度大幅落后,完全无法赶上动画节的发布日期。通常遇到这种情况,一般人做出的选择就应该是放弃或者等待下次机会。然而父亲的倔脾气总是在这个时候上来,偏偏提出如果长片来不及,那就做成简单一些的短片。而且为了表示自己的诚意,一个短片还不够,要做成两个短片。本来在一部作品都来不及做的情况下,怎么还提出要做两部作品呢?然而,这也许就是电影导演的执着,也就是这样,《PUSH》

和《村正》两部短片诞生了。

《村正》中由于有武士角色，父亲曾经找到我，希望我帮他寻找与武士气质相符合的人的脸。虽说是动画，但由于需要的是平面素材，所以在创作前期也需要模特儿原型，拍摄他们脸部各个角度的照片作为参考。当时，我公司里有一位叫作牧村宪一的音乐制作人，是细野晴臣[①]先生的经纪人，他就长着一张和古装剧十分契合的正直的脸。于是我就找他帮忙做了短片里人物形象的原型，只是十分对不住牧村先生的是，这两部作品，哪一部都没能成为让读者耳熟能详的杰作。

我和父亲虽然经常看对方的作品，却很少坐下来交流各自对对方作品的意见。可是心灵上的相互支撑，并不需要用言语表达，无论任何时候，我们都能够感觉到，理解自己的人一直就在身边。

我的电影《白痴》拍摄完成后，在许多国家的电影节放映时，都得到了"如漫画一般"的评价。我对这个

---

①细野晴臣，日本著名音乐制作人。

评价一直耿耿于怀，毕竟电影原著也是坂口安吾先生的纯文字作品，怎么可能会有漫画的感觉。加上当时心里也不知为何有种偏见，觉得电影要是被比成漫画，那就会身价大跌。一直到后来，有一次在外国时有人告诉我，现在的外国人对日本的漫画文化评价极高，在他们眼里"你的作品犹如漫画一般"，这样的评价完全是对我作品的褒奖，我这才恍然大悟。

其实在拍摄《白痴》时，我运用了各种拍摄手段，使用了包括八毫米黑白胶片、录像磁带、数码以及电脑三维技术在内的各种影像表现手法，却独独忘记了融入动画和漫画元素。

可结果却是，当这些表现方法结合到一起时，出来的却是"如漫画一般"的效果。不管我愿意与否，也无论我承认与否，漫画已经深深地扎根在我身上了。

《白痴》在一九九九年应邀参加威尼斯国际电影节，虽然只属于参展影片，却最终获得了"未来数字电影奖"，那一年我三十八岁。有趣的是，三十二年前，父亲的剧场版动画片《森林大帝》也参加了威尼斯国际电影节,并且获得了圣马克银狮奖,虽然父亲并没有到现场领奖,但那一年他也是三十八岁。不得不说,这又是我们父子之间一次令人称奇的巧合。

请关照我儿子

我进入高中后开始拍摄电影,并逐渐明确地意识到,自己的梦想就是成为一名电影导演。母亲完全没有掩饰她对我的失望,她一直以为喜欢妖怪电影什么的至多只是我的兴趣爱好,却未曾想自己的儿子准备把接下来的人生都投入到拍摄这类电影作品中去。为了这件事,母亲愁眉不展了许久。而与之相反的却是父亲难以掩饰的喜悦之情,他十分高兴,儿子继承了他的衣钵。

我的第一部八毫米胶片的长片获得了某学生电影节的大奖时,父亲说着"真是太好了",高兴地从位子上一下子就蹦了起来,简直比自己得奖还高兴。而等知道我打定主意要往电影界发展的时候,他更是表现出了对我溺爱的一面，只要一遇见做电影的朋友就帮我宣传，也不管对方是谁，见人就拜托说："请多多关照我儿子啊。"

等过段时间我碰见那些人时，他们总是会笑着对我说"你爸爸已经跟我们说过要多多关照你了"，搞得我十分不好意思。我心里十分明白，在这个行业里不能光靠父亲的光环，要靠实力说话。但是我也很欣慰，父亲这样到处帮我吆喝的态度并没有引起周围人的反感，而是换来了大家友善的微笑——原来手冢治虫还有这样爱孩子的一面。

大学一年级时，我很偶然地接受了一家叫作《POPEYE》的杂志关于学生电影特辑的一次采访，采访时我随口说了句："学生电影只有在做这种特辑的时候才会被提起，其实要是能有连载专栏就更好了。"编辑听后也觉得这个想法不错，当场拍板说："那就开个专栏连载吧。"就在我事不关己高高挂起，觉得自己的意见被采纳也算是给学生电影作了点贡献的时候，编辑一句"在想什么呢，我是说让你做连载啊"，顿时把我从扬扬得意的情绪中拉了回来。

这就是我第一份"工作"的来历。

工作内容是采访和自己一样拍摄电影的学生们,然后回来写稿子。刚开始的时候不得要领,采访稿写了一遍又一遍。等适应了之后发现,托写稿子的福,自己的文笔也进步了不少。因此,我一直很庆幸自己能做这份工作,不光有酬劳,还能学到不少东西。后来,我从别人那里知道,当年我决定做专栏连载的时候,父亲还特意为了我抽空去了一趟杂志社,向当时的主编,也就是后来的"杂志之家"的社长表示了感谢,还郑重地拜托对方"请多多关照犬子"。

就是这样的父亲,有时候还会挤出时间来,突然悄无声息地出现在和我一起做电影的学生团体的放映会上。一起做电影的人都不知道我是手冢治虫的儿子,于是私底下议论纷纷——"好厉害"、"连手冢治虫都来看我们的电影了"、"我们说不定要出名了呢"……总之大家都特别开心。放映会结束后,会有一个向观众募集资金的小活动,因为来的基本都是年轻人,所以大家都只是意思意思，给个五百或者一千日元，可父亲那次特别大手笔地一给就是一万日元。虽然他后来没少拿这一万元的事情跟我抱怨过："我居然给学生的八毫米电影捐了一万元……"

在父亲这样那样的帮助下，我在电影界很快就小有名气了。当然，也算我没给父亲丢脸，自己拍摄的作品在很多比赛里幸运地得了不少奖，和很多电影界的工作人员也相处得不错。其中更是有不少以大岛渚导演和大林宣彦导演为代表的十分支持学生电影的诸位名人，我的不少作品都曾请到他们来客串出演。父亲看到其他人在我的电影里出现，也会羡慕地说："什么时候也叫我一起嘛。"然而，和父亲真正一起工作的次数却屈指可数。

《铁臂阿童木》进行彩色化的时候，最后一集里有父亲向观众致意的片段。于是父亲便拜托我，希望我可以作为导演来帮他拍摄这一段视频。

虽说是导演，也不过只是一段父亲说话的视频，我能做的也就是喊喊"预备"、"开始"、"好"、"可以"。记得当时我叫来了自己拍电影的一帮朋友，在家里三楼的画廊进行了拍摄工作。其实，我从很久之前就把自己家当作外景地用过很多次了，院子、玄关、画廊，总之能用的房间几乎都用过了，所以在我早期作品的字幕里，取景地一栏经常可以看到"手冢治虫府邸"。父亲虽然一直都默许我这么做，可是拍摄会把家里搞得乱七八糟，母亲一直都没给我好脸色。

正式进入电影界之后，我终于有机会为一直憧憬的妖怪电影《妖怪天国》制作录像带了。我在思考各种企划的过程中，决定干脆邀请画妖怪漫画的漫画家来出演。因为之前我也在一些作品中看到过其他漫画家成功演绎各种极富个性的角色，所以我相信，漫画家一定也能胜任我作品中的角色。我邀请了和父亲关系不错的三位漫画家：马场登先生、水木茂先生和楳图一雄先生，同时也邀请了父亲，但父亲的出演条件是，他必须出面帮我去说服那三位先生来出演。这是不是有点任性？

父亲手上的漫画交稿日都紧跟在屁股后面呢，哪有时间来出演。可是即便这样，他还是按原计划的时间（连迟到都没有！）准时出现在了拍摄现场。作为学生时代就已经参加表演社团的父亲来说，扮演角色可谓得心应手。即使不是这样，作为一个每天都要给笔下的漫画人物注入生命的漫画家来说，拥有演技也是理所应当的吧。

手冢治虫出演的电影还有大森一树先生导演的《希波克拉底的弟子们》（ヒポクラテスたち）。大森导演是父亲在大阪大学医学部的学弟，同时也是父亲的粉丝，所以便找到父亲出演其中的一个医生角色。大森导演和我一样，也是从学生时代就开始拍摄电影了，所以在这方面可以说是我的前辈，也就是说，父亲是我前辈的前辈呢。

在《妖怪天国》中，父亲扮演的是神社的神主，虽然完全是巧合，但和我们手冢家祖上的职业也算是一样了。拍摄地是神奈川的一家神社，因为是古装剧，所以父亲连眼镜也不能戴，想来在一片模糊中演戏对父亲来说也十分不易吧。而且一到拍摄间隙，就会有父亲的粉丝（但其实也是现场的工作人员）上来索要签名，加上还要招呼其他一起出演的漫画家,父亲在现场有时候连一口便当都吃不上。所以拍摄结束后,父亲曾半开玩笑半认真地抱怨道:"太辛苦了,以后再也不演了。"

要给父亲的表演做出评价的话,我只能说不愧是父亲,他的表演完全把握住了我这个导演所要达到的效果。拍摄时,我为了能够实现老胶片的效果,特意在黑白的画面中加入噪点,或是用字幕代替台词,以期望观众能够有看到一百年前电影的感受。因此在表演方面,我也希望演员可以带点陈旧感。总之,也不知是父亲完全理解了我的意图而演出了这样的世界呢,还是我被父亲的表演所感染,而导出了这样的世界,所有的一切都刚刚好。除去了贝雷帽和眼镜的手冢治虫,也许没有人能认出他,但是在我心里,能够让父亲抛开所有手冢治虫的符号,单纯地作为一名演员来演出,至今我都感到深深的自豪。

《妖怪天国》出演记

手冢治虫

手冢真是我的长子,日本大学艺术部肄业,身高一百六十公分,体形偏瘦。脸的上半部分像父亲,下半部分像母亲,尤其是嘴巴很大,特别像母亲。属牛,看上去虽然老实,实际却很顽固,也很自我。

他受大林宣彦先生、大岛渚先生、山本又一朗[①]先生以及石上三登志先生等人的照顾和指导,一直勤勉于导演工作的学习。

然而其本人并不自称导演,而是视觉艺术家。

才到大学毕业的年龄就已经当上了导演,这真是个

[①]山本又一朗,日本知名影视剧制作人,代表作品有《热血高校》《我的女友是机器人》等。

不得了的时代。

想当年，大岛渚导演还得先当助理导演呢……所谓的助理导演，每一天都过着忍气吞声和受尽磨难的日子，为了有朝一日能有一部自己的电影，等上十几年也稀松平常。

即使是那个看上去胖乎乎的跟弥勒佛一样和善的大林先生，照样会在他的拍摄现场把一个助理导演骂得狗血淋头，让我这个去现场探班的人都不忍心多看那可怜的孩子一眼。

一帮好朋友半开玩笑半认真地拍着业余性质的电影，拍着拍着居然就踏上了职业道路，成了导演。啊，现在已经是这样的时代了，一个职业和业余的分界线越来越模糊的时代。

手冢真是一个电影虫。

更准确地说，是个怪兽虫。

看着电视里的奥特曼和怪兽长大的孩子们，我愿意称他们为"怪兽的一代"。

怪兽的一代，他们是把怪兽和妖怪看得跟普通玩具一样，把本应对怪兽的恐惧转换为喜爱的一代。

带着这样的特征，如果成了一个电影人，那么他就会对令人毛骨悚然的妖怪和鲜血四溅的情景没有任何抵触和反感情绪了。

阿真也不能例外，从小就已经被卡奈贡①和巴尔坦星人给"俘虏"了，等稍微大一点，又迷上了水木茂先生的妖怪们。

结果就是，他不但画了许多奇形怪状的妖怪，还给每一个妖怪取了更稀奇古怪的名字，如青钩、缺片、女火、雷霆、二度一、上吊怪、织火、毛妖、草臭木、死毛、鸭柄、肋骨蛇、咬鳞根、母子拖鞋、鬼舞、脑髓鸟、卷卷包、蜡烛大爷等。

虽然，阿真随后又转去宠爱姆明②了，可是说穿了，姆明系列作品中的登场人物也都是斯堪的纳维亚的妖怪。

阿真上幼儿园的时候，我带他去看了《幻想曲》。

本来也没打算通过看这部片子培养阿真的动画眼

---

① 《奥特Q》中登场的反面怪兽角色。
② 源于芬兰著名童话小说中的精灵形象，被改编成插画、动画等多种形式。

光,而且正如我所料,电影一开始,当巴赫的音乐响起,阿真已经开始坐不住了。

《胡桃夹子》也好,《魔法师的学徒》里的米老鼠也好,都没能唤起阿真的兴趣。

终于,当斯特拉文斯基的《春之曲》响起,恐龙出现,阿真的眼睛才终于开始发光,等到霸王龙把剑龙吃掉那一幕的时候,他已经完全被画面吸引住了。

只是好景不长,这一幕一结束,他又恢复了老样子,没多久就睡过去了。

中学的时候,阿真也不知道是从哪里搞来了(也许是香港制造?)一个凶神恶煞的面具。他总是喜欢戴着面具,用黑色的窗帘把自己全身都围住,然后去吓唬弟弟妹妹。

我家和"虫制作"的院子是连着的,到了中午,"虫制作"的工作人员会到院子里午休。他也会打扮成这样出来吓唬工作人员,追着他们满院子跑。

紧接着下一个阶段,阿真感兴趣的是寺庙的组装模型。

一般说到组装模型，孩子们喜欢的通常都是兵器或是飞机之类的，可是阿真对这些一点兴趣都没有。客厅的书架上，很快就被各种寺庙和大殿的组装模型给占据了。发展到后来，寺庙和寺庙的模型空隙里，又开始出现了科学怪人和吸血鬼的模型。嗯，果然还是回到妖怪这边来了。这些怪人们整齐地排列在架子上，中间还掺杂着几个断头台和拷问台……阿真还一度买来一套纳粹军队的模型。唉，我说儿子，你莫非思想上开始走歪路了？正担心着呢，发现阿真把这些士兵的手脚和头全部打乱拼装，接着还用颜料在他们的身上画了血。我这才放心下来，原来他只不过是做出了一群僵尸。

妻子看到客厅被这些东西占据，也曾一脸嫌恶地说：

"天哪，这像什么样子！太讨厌了！"

虽然如此，妻子却没有说"把这种东西丢掉！好好地给我放点好看的模型"一类的话。

是的，妻子没有强制儿子，我觉得这正是妻子的伟大之处。

当然，也许是因为她想到了有其父必有其子，觉得无可奈何吧。

儿子经常用零花钱买些便宜的香港产的怪物玩具。

"又买这些粗制滥造的东西。"

那是一些约莫十日元一堆的蜘蛛或章鱼之类的玩具。

"就因为是粗制滥造,所以才便宜啊。"

"你小子,知道粗制滥造是什么意思吗?"

"香港产的东西就是粗制滥造的啊。"

估计是店主告诉他的。

阿真开始拍电影以后很久,突然有一天对我说:"您私底下跟水木茂先生熟吗?"

"嗯,还算有些交情。"

"那能请他来我现在拍的电影里客串一下吗?是一部妖怪电影。"

嗯,阿真以前一直是水木先生的粉丝,他要是能把水木先生请来出演电影,也算一种缘分吧。

"我还想请马场登先生来出演,能不能也帮忙去说一下?"

"啊？还有马场先生啊？"

于是，我只好给马场先生打电话，本来以为他会拒绝的，却想不到他很爽快地答应了。

这才想起来，马场先生之前在一些业余文艺剧里一直在反串女性角色。所以即使演电影又累报酬又少，他也会来。

"顺便还有楳图一雄先生，我也想请他来演。"

说到恐怖漫画就不能不提他的楳图先生。

但是到底儿子要让他们干吗？莫非阿真是要拍漫画家电影？

"那我也要演。"

明明完全没我什么事的。

明明手头上有更紧急的工作。

可一不小心还是脱口而出了。

阿真想了想。

"神主的角色，怎么样？"

"神主？"

"关东煮神社的神主。"

"到底是什么电影？"

"名字叫'妖怪天国'，一会儿你看剧本就明白了。"

话已出口，没得反悔。

总觉得我是稀里糊涂地，就变成了关东煮神社的神主。

马场先生和水木先生演的是两个参拜的人，而楳图先生则演一个叫权助的老百姓。

电影的主人公是到达月球的苏联宇宙飞行员，以他在那里发现了一把日本刀开始，讲述他最后变得冷酷无比的故事——一共包含三个小部分。

我估计，阿真的灵感大多应该是来自斯皮尔伯格的《阴阳魔界》（*Twilight Zone*）或者是《惊异传奇》（*Amazing Stories*）。

而扮演那个冷酷无比的主人公的，是石上三登志先生。

关东煮神社是第二个故事里出现的，内容嘛，嗯，其实我不是很清楚。好像是说神社的钱箱里在煮关东煮，而和关东煮一起煮的还有人。

"很遗憾,您没有台词。"

"哦,是哑剧吗?"

"我想要打造一种无声电影的感觉。"

"好像有点粗制滥造的感觉啊。"

"没错!就是粗制滥造!"

拍摄当天的早上,我连早饭都没吃就赶到现场了。

在多摩川前面一个叫作柿生的地方,在那里的小山丘上,有一个极适合拍摄古装剧的神社。据说经常有电视和电影剧组来这里取景。

我在化妆间换上了神主的衣服,戴上假发,粘上假胡子。

服装师说:"这个假发是三船敏郎[①]先生的哦。"

"是嘛。"

"每个演员都有自己专用的假发,你看,这里还写着名字呢。"

戴上假发、穿上神主特有的白色和服后,你还别说,

[①]三船敏郎,日本著名演员,与黑泽明的合作被人誉为"国际的黑泽,世界的三船"。

真有自己就是神主的感觉。

"还真合适呢。"

"嗯,说起来,我的祖上还真是神主呢——诹访神社的神主。"

"是嘛,真的啊,怪不得呢……"

在服装师的感慨声中,轮到我出场了。

来到神社前,比我先到的马场先生和水木先生一副参拜者的打扮,已经在很努力地发挥演技了。

除了二三十个现场工作人员之外,不知道为何,还有好多带着照相机的人,原来全是来采访的,好像是包了一辆大巴一起过来的。

他们一下子全部拥上前来,咔嚓咔嚓地一个劲儿拍我。

"手冢先生,您果然还是戴着眼镜才比较像手冢先生啊。"一个摄影师如是说。

"那我戴上吧还是。"

"可是戴眼镜的神主……总觉得有点奇怪,还是摘下来吧。"

幸亏他没说出"请把您的贝雷帽也戴上吧"。

一堆穿着脏兮兮的百姓里有一个领头的,定睛一看,原来是楳图先生。

村子里有个拖着鼻涕的小鬼在独自玩耍。这个小鬼,其实是原田真人[①]导演的儿子原田游人。

原来如此,我们的阿真导演到处用的都是没有演艺经验的外行啊。

话说回来,我这边没了眼镜,基本上就什么都看不见了——真的是什么都看不见。远处的人,在我看来就是模模糊糊的一堆东西在动来动去。到底是谁,又在干什么,我完全不知道。有时候,我们的阿真导演会大喊"试一下""正式拍",于是我循着声音望去,也只能看到阿真导演和大树什么的已经融为一体了,具体的方位不明。真是苦了我了。

演着演着肚子也饿了,再也没有比在外景地饿肚子更可怜的事情了。总不能穿着这一身戏装去附近的拉面

---

①原田真人,日本电影导演、演员,参演过《霍元甲》《最后的武士》等。

店吧。

虽然刚才有片场便当,可是还没能好好吃上几口,阿真导演就说我的假发不好,让我去换一个。于是,我被工作人员围着换假发,一直到最后也没吃上。

就这样,时间一点点过去,肚子饿,脾气也上来了。最过分的就是这个神社的钱箱(道具)里真的关东煮堆得像小山一样高,一直在咕嘟咕嘟地煮。

整个神社到处都是关东煮浓厚的香味。

"这个不能吃吗?"

"不行哦,这可不能吃。"

一边说,工作人员一边还在不停地往钱箱里放干冰,干冰腾起的烟雾将关东煮的香味一次又一次送到我的鼻子边。

"爸爸,轮到你了。你往钱箱里看一眼,拿勺子试一下味道,做出不满意的表情,然后加点酱油,再试一次味道,最后再露出终于满足了的表情。"阿真导演下了指示。

我全部照做。

"再夸张一点。"

我差点就一个冲动把勺子里关东煮的汤真的咽下去了。

我越来越不开心。在拍摄其他镜头时,我只能无休止地等待,而且始终饿着肚子。

心里想着干脆这个时候下场大雨就好了,那我们就可以暂停拍摄去吃饭了。

不过,我们的阿真导演还真是不知道累啊,明明一直站着,屁股没沾过凳子。导演这活儿要不是真心喜欢还真做不来。我的动画片就可以轻松地坐着做。

"请问,您怎么看真导演?"

一位记者向我提问。

"他可是个新人,做得不错。最关键的是有人望、有领导能力,和我不一样。"

我真是讨厌自己。

要是肚子不饿,明明可以演得更好的。

第一次带阿真去看的电影,我记得的是卓别林的《摩登时代》。可是阿真坚持说应该是《古屋传奇》(*The*

Legend of Hell House)。对我来说，这部电影也许早已埋没在数不胜数的恐怖电影里了，不过是个粗制滥造的片子。可是对阿真来说，《古屋传奇》有着《圣经》般的地位，像《大观音经》一般。

这部电影里的演员罗迪·麦克道尔[1]也成了阿真的偶像。他甚至还加入了麦克道尔的粉丝俱乐部，当上了粉丝俱乐部日本分部的部长。

我提这个并不是要批评阿真什么。这绝不是应该批评的事。就像小林信彦[2]先生对盖尔·拉塞尔[3]的热情，也就像我对老演员詹姆斯·格利森[4]（知道的人请举手！）的崇敬一样。

所以，当阿真迷上《人猿星球》（Planet of the

---

[1]罗迪·麦克道尔（Roddy McDowall），英国电影演员，代表作有《青山翠谷》《灵犬莱西》等。
[2]小林信彦，日本小说家、评论家。
[3]盖尔·拉塞尔（Gail Russell），美国电影女演员，代表作有《七寇伏尸记》等。
[4]詹姆斯·格利森（James Gleason），美国电影演员，代表作有《曼哈坦故事》等。

Apes）^①的时候，绝不是因为那部电影也是"粗制滥造"出来的，而是因为扮演其中一个猴子的正是罗迪·麦克道尔。

（KINEMA旬报^② 一九八三年八月下旬号·一九八六年七月上旬号）

---

①这里指的是一九六八年的版本。
②通常称为《电影旬报》，创刊于一九一九年的日本权威电影杂志。

《妖怪天国》的拍摄现场。
自右起：马场登、水木茂、楳图一雄、手冢治虫，以及当导演的笔者。

扮演神主的父亲。自述是在出演"破烂胶片"的感觉。

05
手冢式创作术

如何创作作品

关于手冢治虫的各种传说不胜枚举。

传到后来就真的成了传说,到底是真实的还是被添油加醋创作出来的,已经无人得知了——这样的故事也不在少数。有一则传说是关于截稿日的,说父亲在杂志上市两天前才完成原稿。通常情况下,两天时间对印刷、发行,最后将杂志摆到书店开卖这一系列流程来说,根本就不可能完成——然而手冢治虫做到了,这实在前所未闻。因为怕被其他漫画家知道后也拖到最后关头才交稿,所以这件事在很长一段时间内谁都不敢张扬。

在漫画创作方面,开创助手制度的人恐怕也是手冢治虫。在那之前,虽然也有漫画家找人来帮忙作画,然而正式招聘、雇用工作人员的，父亲绝对是第一个。

其实漫画和小说之类的都一样，是应该由一个人完成的。因为画和字一样，每个人都有自己的风格。如果让两个人来完成，那么势必就会有两种不同的画风混在一起。而父亲有意思的地方就在于，他认为这样也没什么要紧的。当然，其中也有如果只是他一个人就无论如何也来不及完成工作的因素。但是我知道，对于父亲来说，漫画存在的最大前提，是让孩子们可以愉快地阅读。只要这个前提能实现，那么就算画的感觉有那么一点不同也无所谓，只要想传达的东西传达到了，几个人合作完成也都是可以的。同样的，父亲也将这种态度延伸到了动画事业上。一般对原作者来说，自己的漫画在动画制作时被改动并不是一件开心的事情，然而手冢治虫本人就在做这样的事情，对他来说，在动画里进行改动并没有什么，这并不是什么妥协。事实上，通过动画这一新的形式，既能带给孩子们新的梦想，同时又能让日本的漫画和商业动画界迎来更广阔的新世界。父亲在行业环境的创造上的功绩，绝对不可磨灭。

但其实，父亲的漫画大多数还是由他亲自完成。交给助手的，通常只是描线或者上色，再或者是绘制服装花纹等单纯的部分。偶尔会有几个优秀的助手，父亲会让他们帮忙画一些背景或是群众角色，但即使这样，父亲事先也会画好样板，再让助手模仿。

说到手冢治虫，还不能不提角色的明星系统，父亲像起用演员一样，将他笔下各种各样的人物角色根据需要用在各个不同的漫画中。有些人物有固定的背景和花样，于是父亲就给这些背景花样取上名字或编上号。比如说这里的服装要用T-3，助手就会去找编号为T-3的人物来做参考，照着画。通过这样的编排，父亲就不用每一次都画样板给助手们看了，一些细节和颜色也不会搞错，工作效率也得到了大幅度的提高。

这样的工作方法，对很有想法的助手们来说就不是那么有趣了，因为几乎没有自己发挥的余地。父亲的一些助手后来也成了著名的漫画家，石坂启[①]女士和寺泽

[①]石坂启，日本漫画家，代表作有《KISS老爸情人》等。

武一①先生就是其中的代表。

父亲对工作到底有多亲力亲为,可以从一件很典型的事情中看出来。有一次父亲正在国外旅游,国内却有一个必须马上完成的角色初稿。那是一个还没有传真的年代,父亲想出的办法是,让助手找来方格纸,将方格纸的行与列全部用数字和字母按照顺序标好,然后自己画完后把每一笔在方格纸上的编号列成清单,比如A-1、B-2等,接着就打电话把这些编号一一告诉国内的助手,让他们把所有的编号连起来。当然,用这个办法画出来的画最后还是行不通,一切还是等父亲回国之后又重新画了一遍。

将已经完成的作品重新画一遍,也是家常便饭。

比如把连载的作品重新整理出单行本的时候,父亲肯定会动手改点什么。要么是重新画画,要么就是改几个名字。要是改得不顺心,不管多少遍他都还是要改。因此,在外人看来不过是把连载整合在一起的简单工

---

①寺泽武一,日本漫画家,代表作有《黑骑士》《午夜之眼》等。

作，到了父亲这里就变成了辛苦的事。《铁臂阿童木》的单行本每发行一册，父亲就肯定会在里面添加一篇新的漫画。按一个月通常发行两本的速度，一个月就会增加三十页左右的工作量。关键问题是，父亲手上同时还有依然在连载的比三十页不知道多几倍的新漫画。一切都是为了读者——对父亲来说，他无法忍受将旧的东西直接提供给新的读者。或许在要发单行本的时候，父亲的想法已经和当初连载时不同了，也可能有了什么新的点子，总之一句话，每一次的作品都必须是"新作"。

而当作品再版时，父亲也要重新画一下。父亲的出道作《新宝岛》和《森林大帝》再版发行时，基本上全都修改过。当然，这里面还有一个原因，就是出版社把最初的原稿给弄丢了。

父亲总是有很莫名的服务精神，比如一个故事的内容已经相当完整了，他在修改的时候，总是喜欢加入时下流行的语言或是对当下事件进行调侃，为的就是哪怕只有一点点也要让读者觉得更有趣、更有亲近感。可是这样一来，等流行一过，这些修改的内容就会变得不合时宜，结果又要重新修改。有时候，我真心觉得早知如此，当初为何要这样给自己添麻烦呢。可是对父亲来说，为了作品，更准确地说是为了读者，他什么都愿意做。

手冢治虫的方法论，如果用一句话来总结，就是"为达目的不择手段"。我认为，不光是手冢治虫，只要是有才能的人，谁都会这样做的。对他们来说，万事皆有可能。只要用得着，稻草也是宝。不管环境多么辛苦，都照样面不改色地画原稿。如果自己的手脚不够用，那就把别人的手当自己的手用；如果自己的时间不够，那就借用别人的时间来用。无论什么事都是这样。也因此，经常会看到工作人员或是编辑就这样在父亲的漫画里登场了，秉着能用就用的原则，父亲把身边的人都变成了漫画人物的原型。

漫画的分镜稿，以前一直是委托排版公司的人做的，其实只要把文字写在纸上送过去即可，可是父亲忙得没有时间的时候就连这个也做不到。这个时候，父亲就会打电话给排版公司，口述分镜内容。我经常看到父亲在家里打电话，而且有时候一打就是好几十分钟，一边考虑一边说给对方听，顺便会把分格与台词也全部解决——这无疑是父亲的独门绝技。

将印刷好后送过来的台词往原稿上贴，常常会成为编辑或家里人的工作。对编辑来说，当父亲的手和嘴巴都没空的时候，还要帮他打电话给排版公司，将分镜稿的内容告诉对方。这个时候，编辑就比较辛苦了，先不说分镜稿里包括台词等内容，一讲电话就要连续说上几十分钟，有时候碰上一些傻乎乎或是色色的对话，在大家的面前这么念出来，实在是件相当尴尬的事。

让人惊奇的不光是这些工作方法，还有内容。可不可以画这个，可不可以把这个题材变成漫画，父亲的好奇心就像永远处在水满状态的杯子，各种想法随时都可能溢出来。

开始新的连载前，或是有委托工作上门的时候，父亲总是会拿着起码三到四个方案让对方挑选。加上没有拿出去给别人选的部分，父亲的脑子里每一次都起码有十几个想法。

挑选方案时,父亲不会一个人做出决定,他会参考编辑或是工作人员等周围人的意见。广为人知的《铁臂阿童木》,在最初是一个以和平利用原子能的大陆为舞台的故事,名字则叫《阿童木大陆》。但有编辑指出,"大陆"的故事实在有点太过宏大了,于是父亲重新考虑后,决定把"阿童木"作为漫画中人物的名字,开始了名叫《阿童木大使》的漫画连载。当时的阿童木在漫画中顶多也就是一个登场人物,只是个配角,而且连载开始后的反响也没有预想中的好。于是又有编辑提出,是不是可以把阿童木这个机器人作为主角,父亲再次听取了意见,这才有了我们现在看到的《铁臂阿童木》。最开始还有过《铁人阿童木》之类的名字,但因为有人提出"铁人感觉太沉重"的意见,最终改成了"铁臂"。

但也不是说所有人的意见父亲都会照单全收,把别人的意见延伸到完全不同方向去的情况也是常有的。比如要是有谁说某个角色不是很可爱,传到了父亲的耳朵里,他想的不是把角色改得更可爱,而是干脆创造出一个虽然不可爱但是脑子绝顶聪明的角色。对父亲来说,他人的意见是他灵感的来源。或者说得绝对些，对父亲来说，不管是什么，随时随地发生的任何事情都可以成为作品的创作灵感。

在这一点上我也颇为感同身受，这正是创作的奥妙所在。

要懂得巧妙运用偶然——这是现代音乐家约翰·凯奇①曾经说过的话，从这句话中，我借鉴到的方法可以称作"机遇操作"。

比如《森林大帝》中的白狮子雷欧。这一极富创造力的角色，它的设定是如何而来的呢？这也完全是个偶然。当时的父亲正为其他漫画里的狮子上色，在工作室昏暗的红色灯光下完成后，直到第二天天亮才发现错用了白色的颜料，而父亲就从这上错色的狮子身上得到了灵感。

《怪医黑杰克》的来历就更富传奇色彩了。那时的父亲陷入创作低潮期，正在每天嘀咕"虫制作"是不是

---

①约翰·凯奇（John Cage），美国著名实验音乐家、作家、视觉艺术家，"机遇"音乐的代表性人物。

差不多要关门大吉的时候，好心的出版社给了一个短期连载的机会，《怪医黑杰克》就此诞生。父亲想反正也是短期连载，那就干脆将神秘路线走到底，于是创作出了黑杰克那样的人物。可谁知误打误撞，连载开始后作品的人气急剧上升，最开始只打算连载四回，最后何止是四回，竟然整整连载了八年。让人头疼的是黑杰克的那个造型，头发一半都是白的，脸上有缝合的疤痕，还穿着黑斗篷，怎么看都很奇怪。为了解释这个造型的来源，父亲后来还特意重新考虑了人物设定，总算在故事中把这点给圆上了。就是这样的父亲，我说句不太礼貌的话，他就算是失败了，也非得从失败里得到点好处才肯起身。

神明降临的瞬间

看父亲的手稿，你会被它们的精美所倾倒。印厂无法表现的细腻笔触，即使只是一条直线，也都充满了美感。我们这些在他身边的人都会忍不住感叹，原来天才连画一条直线都和别人不一样。父亲虽然经常自嘲功底不行，连张底图都画不好，但是在我看来，暂且不去管底图究竟如何，父亲绝对已经抓到了绘画的本质。就算是毕加索，都有看着自己画的底图抓狂的时候。

父亲的画并不属于写实风格，原因之一自然是他习惯用比较夸张的表现手法，而另一个原因，我认为则是他会用绘画来表现时间的流动。也就是说，在一幅静态的画面中，父亲却能表现出人物的动态来。画面中人物的身体沿着他所动作的方向而扭曲，虽然多少失去了真实的感觉，却让读者看到了实实在在的动感。

在看父亲手稿的同时，你同样会吃惊于它们的脏乱。我这里说的脏乱，并不是指画稿上有多少墨水印或是污渍，而是有着被不断修改和剪贴的痕迹。

父亲画原稿的时候，只要稍有不满就会重新画。小点的用白色颜料涂掉重新画，大点的就贴张白纸在上面，这张白纸还要为了不挡住好的地方而细心地修剪形状。有时候要是一整格都不满意了，就全用白纸贴上；要是一整张都不满意只有一格满意的，就把满意的那一格剪下来重新贴在新稿纸上。总之，父亲就是这样把自己的原稿剪下来再贴上去，越认真稿子就越乱。一旦付诸印刷，成稿送到读者面前时，这一切都不会有人知道。

其实仔细看那些画稿，有时候经常会捉摸不透父亲的想法。从手稿的痕迹可以看出，他修改的要么是脖子上一点点细微的地方，要么是背景中天空云朵的边边角角，基本上都是读者不会留意或者说你根本看不出来到底有哪里不对的地方。可父亲却特别在意，也许在他的眼里,即使是天边的云朵,也和阿童木的脸一样重要吧?因为它们都是作品的一部分,只要是作品的一部分,它们就是鲜活的、有生命的。画纸上是有神明存在的。

类似这样的事情,我在黑泽明导演的拍摄现场也看到过。在拍摄前,工作人员做各种准备的几个小时里,黑泽导演一直默默地注视着作为拍摄地的农家院子。突然,他就指着远处的一块石头对工作人员说:"把这块石头的位置调整一下,把它放得更自然些。"可能你会觉得,不就是一块石头嘛,可是如果电影观众的注意力一不小心被这块石头所在的位置分散了,那整个画面就浪费了。正是这"区区一块的石头",也许恰恰是最重要的部分。要把它放得自然、不引人注意,其实是一件很难的事情。而漫画中天边云的形状,又何尝不是如此呢?

手稿越是脏乱,就越能证明父亲的努力。

天才总是会尽自己最大的能量努力。

从来没有人说,天才就可以不用努力了。相反,正因为是天才,才需要比一般人更加努力。就算只是一件事情，也要考虑到各种可能性，拿出各种想法。要看到别人看不到的东西，想到别人想不到的地方。天才需要做比一般人多一倍的事，所以事情是怎么做也做不完的。而即使这样，他们仍然会觉得自己做得还远远不够，无论在周围的人看来是多么难以置信的工作量，只有天才才会知道，自己应该更好地完成它们。

爱与恨，真刀真枪论输赢

作为一个漫画家，手冢治虫对自己的作品有着特殊的要求，有时候甚至要求过了头。

若是父亲想着"为了交稿什么都可以牺牲"，也许手冢漫画的历史将会改变。但是十分对不起那些编辑的是，父亲会"为了作品"，不得不牺牲"交稿时间"。

在父亲的代表作《佛陀》连载时，交稿时间一拖再拖，再不交就赶不上杂志上市的日子了，编辑们个个急得像热锅上的蚂蚁，天天追在父亲屁股后面要，希望他无论如何也要赶紧画出来。可那个时候，父亲却不紧不慢地在桌上摊开一张大大的稿纸，告诉大家接下来自己要画一大群蝗虫。即使是外行人也知道，这该是多费时间的一项工作，而且蝗虫不比一般画面，对画工的要求非常高，因此没有一个助手可以帮得上忙，父亲只能亲自上阵。那时编辑曾经真的怀疑过，父亲是为了戏弄他才这么干的。

之前也提到过，父亲的所有责编都被叫作"手冢担"，而父亲又是这样一副腔调的人，所以若非内心强大，断然是当不了"手冢担"的。经常会有新人被分配来负责父亲这边的工作，这是因为在"传说中"，父亲这边的工作是锻炼新人的绝好机会。

据说，父亲结婚前的工作场景更加壮观，二十四小时不间断地有人盯着他，连睡觉的时间都不留给他。当然了，那些盯着他的"手冢担"们也不能睡觉，因为若是一不小心打个瞌睡，父亲就有可能逃走。小小的房间，几天几夜地不眠不休，在一片寂静中，所有的人都只是默默地等着父亲的原稿。这绝对需要极大的忍耐力。

最忙的时候，父亲同时有好几家杂志的连载工作，平均每个月要画两百张原稿，最多的时候甚至画过六百张。这种情况下，通常的顺序是先画给周刊的稿子，然后是月刊，最后才是单行本。周刊因为上市日期差不多，交稿日期自然也相差无几。几家周刊杂志的连载凑到一起时，各家的编辑们也就都集中到工作室里来了。一来二去，编辑们彼此间也都认识了，谁和谁一个不客气吵了起来，这也是常有的事。编辑们为了争抢自家稿子的"优先完成权"，从你一句我一句的辩论可以一直发展到动起手来。据说，要是碰上脾气暴躁的"手冢担"，说一句"有种出去打"，两个人就真的会出去了。而这个时候，"可怕"的父亲居然不劝架，反而跟着他们到了工作室外，还对他们说："我在边上看着，你们谁打赢了我就先帮谁画吧。"

从结果上说，放在后面画的，最终都是那些父亲不太满意的画，或是那些新来的"手冢担"负责的连载。而这个时候，就算父亲长着多么和气、多么友善的"佛陀"脸，在编辑们看来，那也是如恶魔一般面目可憎了吧？

虽然是极其个别的情况，但的确也有编辑实在忍不下去了，一拳打倒父亲甚至还骑在他身上接着打。当时，父亲爬起来就跟杂志社的主编打电话说:"请马上换掉这个家伙。"可主编也不是软柿子,回答道:"如果要换责编,那我还是中止您的连载吧。"结果父亲一听这话,又跟没事人似的,回到座位继续画稿子了。

还有一个编辑,因为实在是过了截稿期太久了,于是拿起稿子怒吼着"谁还要这个稿子",当着父亲的面把稿子扔了回来。还有编辑因为等稿等得实在太累了,结果一不留神就把好不容易到手的原稿落在电车行李架上,弄丢了——这位编辑现在已经是有名的电影制片人了。

把工作室搬到高田马场之后,父亲有了自己专属的小房间。

那是手冢治虫神圣不可侵犯的领域。不管是助手还是家人,只要父亲在里边工作,就绝对不能进去打扰。而父亲一旦进了这个房间,那么他究竟是在画哪家的稿子,有没有在画,甚至到底是不是在睡觉,就都没有人知道了。编辑里头总有几个好奇的,想去看看父亲究竟在干吗。有个编辑就这么偷看了一眼,结果父亲就从里面扔出个枕头来。那个编辑一脸沮丧地回来说:"我被老师扔枕头了。"其他编辑连忙安慰道:"还算你运气好了,我上回被丢的是墨水瓶。"

不知道大家还记不记得《怪医黑杰克》的结局是怎样的。其实《怪医黑杰克》当时已经整整连载了八年,就算是父亲,也已经稍稍开始觉得沉闷了。正在发愁的时候,某一天,有个经验不足的新手一不小心闯进了父亲的小房间,父亲大发雷霆,当场就宣布要终止连载。也因此,《怪医黑杰克》的结局其实是比较突兀的,故事还完全未发展到可以结束的时候,便带着一种"未完待续"的感觉完结了。

因为父亲而哭笑不得的绝对不止这些编辑。

印厂的人也可以说是无比困扰。为了等父亲迟来的稿子,印厂的工作人员用尽各种非正常手段,先印其他部分,将刊载父亲原稿的页面空着。有时候,父亲甚至还会追到印厂去,说"还有要改的地方",硬生生地把人家的机器给停了。印厂的人当然也不会就这么不声不响地任父亲摆布——要改可以,必须在这里改——于是父亲就这样直接在印厂中，把稿子一张张地改好，再一张张地送上机器。

总而言之，父亲在任何地方都画过原稿——不，准确地说，是被迫在任何地方都要画原稿。

出版社的编辑室、旅行目的地、电车里、出租车里、开会的会议室中……

有时候父亲甚至还会被绑架。编辑们把父亲拉到旅馆或是酒店的房间里，然后不让他出门，就这么盯着他把稿子赶出来。对于父亲来说，换个地方画虽然也是不错的选择，可是对其他编辑来说，可就不是那么好玩的事情了。下手快的编辑抢先把父亲偷偷地"绑架"到旅馆，其他的编辑就只能红着眼睛四处找他了。出版社经常用的旅馆其实也不多，那些编辑就一家一家地进行地毯式搜寻，有些被关照过的旅馆老板，会撒谎说"手冢先生不在我们这里"。听说还有编辑像警察似的，像模像样地列过一本老板会撒谎的旅馆黑名单。还有一个胆子大的编辑，居然去旅馆把每一间房门都撬开检查过了，也因此，父亲被那家旅馆永远地拒之门外了。

编辑们碰上觉得可疑的旅馆，会先绕到后门的垃圾桶里，像警察一样，查看里面有没有父亲存在的蛛丝马迹。要是里面有很多橡皮屑和画坏的稿子，就知道找对了地方，然后再一起对着窗户怒喊："我们知道你们在里面，出来吧！"而"绑架"父亲的编辑则会对父亲说："老师，不要出声，赶紧趴在地板上。"这是因为，外面的编辑还会扔石子进来，这可真像是演电影一样。我想，这就是编辑们的执着与战斗方式吧？无论使出何种手段也要拿到原稿去交差，这样的职业精神，绝对让人肃然起敬。

还有"绑架"了父亲并把他带出东京的编辑。去的最多的地方就是大阪和宝冢，最远的甚至到过九州。知道父亲在九州的编辑们，曾经全体出动追到九州。结果，父亲还是被找到了，没办法，只好把所有的稿子都在九州给画了，还因为没有带上助手，只好请当地漫画社的学生们帮忙。

手冢治虫不论多忙，倒也不会完全把自己封闭在工作室里。偶尔上上电视、做做演讲，一直致力于文化事业的发展。因为父亲深深地明白，他可以通过这些活动更进一步地提升漫画的境界。因此，谁要是拜托他了，他总是尽力不推辞。哪怕"手冢担"的每一个人都希望他可以推掉活动，他也会挤出时间参加的。

去国外出差的时候，都到海关门口了，父亲还在画原稿。画好一张交出一张，编辑们再送去印厂印一张。就这么一直画到飞机起飞前的最后一刻。听说有一次，一个好不容易拿到了全部原稿的"手冢担"，一边松了口气，一边终于忍不住朝着父亲乘坐的飞机泄愤似的吼道："给我掉下来去死吧！"

当然，父亲也不是每一次都能在飞机起飞前完成所有的画稿，有几次时间紧迫，甚至来不及安检了，还发生过编辑们带头硬闯海关，延误起飞时间的事，真不知道给其他乘客添了多少麻烦。反过来，有些时候是航空公司的人过来要签名，父亲说正在忙，要一会儿才能给签，结果航空公司就硬把起飞时间给推后了。

把画稿带出国去画就更不是什么稀罕事了。画好的原稿，用一种叫作空乘快递（请航空公司的乘务员带回原稿）的方法带回日本，交给编辑们。这是不用过海关的最快方法。有些特别霸气的杂志社，会直接派编辑冲到海外去要稿子；结果到了当地，那个编辑被父亲完全当成了经纪人一般使唤，一共三十页的稿子，只要到了一半就灰溜溜地回国了，最后被主编大骂："我让你出国到底是干什么的！"

以上所述种种，我觉得都挺过分的。但是，与创作为伴的人，多少都有遭遇这样情况的心理准备吧。所谓的创作，是在这个世界上——也是这个宇宙中——诞生一件新事物的过程。为了它，无比认真地付出，赌上性命也在所不惜的心情，我想人人都会有。作家也好，编辑也好，大家都是在真刀真枪地决一胜负。在这些刀枪碰撞的火花之中，才会诞生出洋溢着生机的伟大作品。

现在这个时代，像父亲这样"泼皮耍赖"的漫画家已经很少了。现在的编辑也基本上都能准时下班了，星期天也可以好好休息。这看上去无比寻常的生活，与过去"手冢担"们艰苦卓绝的日子相比后，是否会令他们感到一丝过于平淡的悲伤呢?

现在,当我有机会遇到当年的那些"手冢担"时,他们也会无比怀念过去的时光,一开始还眼泛泪光地感叹说,父亲真是个伟大的人,回忆着回忆着,就发现自己又生起气来,最后变成了一边哭一边骂。

手冢治虫就是这样,在作品之外也能如此地打动人心,制造出如此多的戏剧性回忆。

06

温柔的天才

全力以赴

说起手冢治虫的性格,首先应该是温柔吧。

光是这一个词就足以形容一切了。

他就是一个温柔的天才。

当然会有人站出来反对,说父亲根本就不够温柔,我想,那多半是"手冢担"或是和父亲一起工作过的"战友"的看法。的确,父亲一旦投入工作,就像变了一个人似的,比谁都严格。这是从石坂启女士那里听来的一个小故事,那还是她刚刚成为父亲助手时的事。她要协助父亲完成一项在舞台上作画的工作,那个时候,石坂女士还算不上绘画高手,而且是第一次在这么多人面前现场作画。她紧张得实在画不好。这时,父亲在边上瞟了她一眼,冷冷地小声说了句:"这画的什么东西啊!"按石坂女士的话来说,哪怕当时父亲大声地责骂她"画得真烂",她也会觉得这还有点开玩笑的成分,绝对比这么冷淡的批评来得更好受些。想来的确如此。

但是如果你在工作之外遇见父亲,那真的是会看到一个不能比他再好、再温柔的人了。温柔也是各种各样的,总而言之,父亲的温柔就是特别会替别人着想,无论何时都十分尊重对方的立场,自己能让就让。

这也是因为,父亲总是能够十分准确地把握现场的气氛和状况。

当然,父亲也不是一味地谦让。该起到表率作用的时候,他还是会冲在前面,做大家的领导者。他随时随地都是全力以赴的一个人。如果说这是绅士般的品格,我更愿意称之为奉献的哲学。

这样的人,总是会很自然地成为大家的中心。也许,这是成为一个领导者所必备的素质吧。不用太高调,不用特意彰显自己的存在,也能吸引大家的目光。不需要大声吆喝,也不需要使用武力,人们自然而然地就会集中到自己身边。这就是一个领袖人物的超凡魅力所在。

工作的时候，不管对方是助手还是编辑，父亲都会给予对方最起码的尊重，绝对不会直呼对方的名字。就算是比自己年纪小的人，他也会在名字后面会加上"先生（女士）"或者"氏"。也不知道这是父亲从什么时候开始养成的习惯，即使是身边亲近的人，他也喜欢称呼人家"某某氏"，比如"松谷氏""清水氏""古德氏"等。

父亲也绝不会不分青红皂白地否定对方，不会强迫别人做任何事情。他总是先认真地听取对方的意见和想法，有时候宁可绕远路，明明知道不该这样，也会放手让人家先去做，等到失败了，对方自然也就知道什么才是对的了。

父亲虽然对工作一直要求严格，但是，如果工作人员已经尽了全力，父亲一般也就不会再多说什么。关键就在于工作人员到底有没有真正地努力。要是有人很快就放弃了，父亲会非常不高兴，责问对方到底好好想过没有，又到底有没有尝试过各种方法。父亲要求的，更多的是对工作的诚意。

给大家看到自己严格的一面后,父亲也不会忘记事后的慰劳。在这方面,他从来不吝惜自己的赞美。连续几天的熬夜,不管把工作人员们逼到怎样走投无路的状态,一旦工作结束了,父亲就会满脸笑意地对每一个人说上一声"辛苦了"。对编辑们也是一样,就算赶稿的时候又吵又闹,只要原稿全部完成了,父亲总是会把稿子毕恭毕敬地交给他们,鞠躬并说一声"您辛苦了"。工作中的怒气和不满是绝对不会带到工作外的。有时候实在晚太多了,父亲除了鞠躬还会加上一句:"这次实在太抱歉了,下次我一定努力按时完成。"然后送上一个特别无辜的笑容——就是这样的笑容,不知道骗过了多少编辑。

除夕晚上没法完成稿子,搞得编辑们不得不在工作室里过年的时候,父亲就会从冰箱里拿出啤酒来分给大家,然后一边听着守岁的钟声一边大为感慨地对编辑们说:"大家真是都不容易啊。"编辑们被父亲的温柔感动得稀里哗啦的,却忘了其实他们这么惨都是拜父亲所赐。

父亲心情好的时候，还会给助手们来一堂漫画讲座。从漫画技法到如何和编辑打交道，什么都教。

最让人头疼的就是，父亲不懂得拒绝别人。尤其是被熟人拜托的事情，不管自己这边是什么情况，他都没办法回绝。所以，父亲的经纪人每天都战战兢兢的，明明光是赶稿子就已经忙得什么都做不了了，还得天天防着他一不小心答应别人的事。

父亲的名字也好，那张脸也好，已经都被大家熟知了，所以他走到哪里都有人过来要签名。父亲几乎来者不拒，给谁都签。除非在工作中，实在抽不出手，否则他是从来不会拒绝别人的。父亲就是这种性格，特别当对方是孩子的时候。对父亲来说，孩子就是他的神，所以签名必须给。

父亲最受欢迎的时候，经常在商场里举行签名会。我们也去参观过一次，但其实是因为那之后说好要全家一起吃饭的，大概有好几百个人在那里排着队，等着父亲给他们签名。有时候人实在太多了，连工作人员都要上阵给大家签名了。因为来的都是小孩子,并不知道父亲长什么样,因此只要有人给自己签名,孩子们便会很高兴。所以助手、动画制作室的工作人员,有时候甚至连编辑也会一起签。大家都签"手冢治虫"这几个字,为此,大家还专门练习过"手冢治虫"的签名。所以,其实现在留下来的很多签名里,有好多都不是父亲的亲笔。我这么说是不是有点破坏大家的梦想了,那不如说,大部分都是父亲的亲笔好了。

父亲给大家签名的时候,总是喜欢在名字旁边再画上一些画。根据索要签名的人的要求,每次画得都不一样。有时候,一些小朋友要求"给我画个机器猫吧",父亲只好为难地说"我不会画机器猫哦",然后在签名旁画上自己漫画里的人物。因为画画速度很快,父亲总是两三笔就能完成一幅,可是那些模仿父亲的助手就不敢这么快了,总是很慎重地一笔一笔慢慢地画,于是还有小孩子说:"那边的人比这边画得更好、更认真!"

这么说起来,我还记得有个给大家展示漫画家如何工作的活动,是在大商场里搭了一个透明的玻璃房,让众多漫画家轮流进去工作，观众则在玻璃房外目不转睛地盯着里面的人作画。父亲也曾经参加过这样的活动。

父亲就是这样，说他的服务热情过于旺盛也好，还是怎么也好，总之，只要是给人展示什么的时候，他总是会拿出百分之一百二十的精力。通常，他在给人做演讲的时候，经常表演的技艺（说技艺可能有点奇怪）就是根据听众喜欢的文字或是图片现场创作漫画，而且是和当时的话题相结合的、有内容的漫画，让人不得不感叹其技艺的精湛。

NHK制作电视节目《手冢治虫·创作的秘密》，拍摄时在父亲的工作室装了一台摄像机。要我说，父亲要是知道了摄像机的存在，一定会更加卖力工作的。

父亲的约定

但是,父亲的这种温柔,有时候却会适得其反,或者准确一点说,将近一半的时候会得到反效果。

他并不想做个八面玲珑的人,但只要想着要对周围所有的人都好,结果必然是不能照顾周全,反而会落个到处都不讨好的结果。比如在已经很久没有好好睡过觉的日子里,一边是漫画的交稿日和电视节目的出演行程,一边是朋友的派对和与家人的团圆。一般情况下总要有要所牺牲,可是父亲却一个也不想牺牲。他会先画漫画,然后发现超过了约好的时间,就急匆匆地往电视台赶——当然,在车里是接着画漫画的。最后,在电视台工作人员提心吊胆地等待中,父亲总算赶上了节目,也算是一切顺利。然后一下节目，一堆人上来要签名，这又是不能拒绝的事。总算全部搞定，接下来就是去朋友的派对现场。"你好，你好，对不起，对不起"，他一脸笑意地进入会场，又是一群人拥上来。等打好招呼后，再趁着没人注意的时候开溜，赶紧去和家人会合。通常这时全家已经连主菜都吃过了。父亲迅速切换成家庭模式，享受天伦之乐，回家后冲个澡，就又杀回工作室去了。一众"手冢担"盼星星盼月亮般一拥而上，"老师，您也太慢了吧，赶紧开始工作吧。"于是接下来就是彻夜的工作。父亲几乎每一天都在重复这样的日程。

对家人的照顾，我觉得父亲真的已经尽力了。虽然实际上并没有分出多少时间到家人身上，但他总是想方设法多顾及家里一点，光是这份心意就足以让我们感动了——虽然每次说"我今天会回家"的父亲从没真的回来过。

父亲的约定，谁都没有真心相信过。他也知道，自己有时候是过分了点，他也并不是忘了那些约定，只是全身心地投入了工作而已。有时候也会想，那你一开始就不要说可以回来啊，可父亲很努力地向家人表达他那份想回来的心，因此才会常常把"我回去"挂在嘴上。

一起去旅行的时候就更让人提心吊胆了。记得小时候，每年正月全家都会出门旅行。但是每次都是已经到出发时间了，父亲还在工作室里没有出来。母亲给父亲打了不知道多少遍电话，最后的结果是"你们先去，我一会儿就跟上"。又来这一套，全家人都暗自愤懑，谁都不要对你抱有期待了。就算之后父亲真的来了，通常也是旅行过半了，大多数情况就根本不会来。还有一次，父亲没有确认我们的住处就追了出来，结果只能坐着出租车，挨个酒店和旅馆地找我们，最后好像花了十几万日元的车费。

即使这样，我们也从来没有责怪过父亲。因为我们都知道，父亲比谁都自责，比谁都清楚自己不对。

"对不起对不起"，加上父亲那无辜的笑容，谁看了都会心软，也自然生不起气来了。"对不起对不起"是父亲的口头禅，连他偶尔回家，一进家门也不是说"我

父亲去纽约世界博览会取材时,笔者在羽田机场为他送行。(一九六四年四月)

回来了"而是说"对不起"。所以大家也就知道了,他其实心里很愧疚。

虽不能说是因为有父亲这个"反面典型"的警示,但我现在的确每天都一定要回家。不管工作到多晚,都一定要回家。要是不回家,心里总是感觉不安。

父亲在工作上是有名的迟到大王,还有人叫他"手冢迟虫"、"手冢谎虫"。前面也提到过,并不是因为他没有时间观念,而是实在太忙了。活动迟到,电视上的直播也有过因为迟到太多最后取消的。"到了约好的时间总算才从家里出发"已经算是好的了。

最有名的一次,父亲说好了要作为石森章太郎①先生的证婚人参加婚礼,结果却因为迟到没当成。最终,石森先生还为了父亲重新举行了一次仪式。就算是自己作为主人的活动,父亲也会堂而皇之地迟到。

只要迟到了,他一定会边笑边说"你好你好,对不起对不起"。嘴上说着"你好、对不起"并将一只手搭

---

①石森章太郎,日本漫画家、特摄作品原作家,代表作有《人造人009》等。

在贝雷帽上,是那个时候父亲的标志性动作,看着他的笑容,本来生着气的人,怒气也会不可思议地烟消云散。不过,父亲最后还能出现已经算是不错的了,等了半天也没现身的时候也不算稀奇。有时候就算出现了,他手上却拿着未完成的画稿,到了现场便向活动主人借一间屋子,然后就钻进去继续画画了。基本上,在派对现场看到父亲身影的时间并不多,有时候他稍微露个脸后就不见了,肯定是又溜回工作室去了。

虽然父亲很少发火,但也有因工作不顺利而烦躁不安拿工作人员出气的时候。这种时候,他通常会特别任性地要求他们去做一些不可能完成的事。

只要遇到什么不顺利的事,父亲总是会说"不是我的错"。就算工作的时候迟到了,那也是堵车的错,看上去他比谁都愤愤不平。

长年给父亲担任司机的是一位性格特别温顺的人,可是我也听说,有一次他实在受不了父亲了,直接把他扔在了高速公路上。父亲和往常一样,又是过了约定时间才从工作室出发,因为怕来不及,父亲提出上高速,结果高速上也是堵得不得了，于是急性子的父亲又说赶紧下高速。就这样反反复复，上下高速好几次后，司机实在忍不住了，说了句"还是您自己开吧"就生气地下了车。当然，他最后还是回到了车上，父亲则是把自己扔在了高速上。他在拥堵的高速路上吵着要下车，司机被磨得不行，只好说："行，那您就下去吧。"就这样，父亲真的下了车，一个人走下高速后叫了辆出租车，可结果却还是司机的车子先到了目的地。

父亲的好心也经常收到不好的结果。

有一次，动画的制作进展顺利，大家都好几天没睡了，一直在工作。这时，父亲自以为好心地带着啤酒去探望大家，可谁都知道酒这东西碰不得，一喝就肯定睡过去了。可这是老师拿来的礼物，总不能不给面子，不得已，大家只好一小口一小口地喝了起来。"其实很想喝，却又不该喝；其实不能喝，却又不得不喝"——对那些工作人员来说，这简直就是痛苦的煎熬。

是的，就是这些粗心大意的地方让父亲不那么完美，但这也令大家对他更加爱戴。

就算记忆力超群，也完全不影响父亲丢三落四的毛病。估计也是无时无刻不在思考的缘故，作为父亲标志的贝雷帽，都不知道被他落在出租车上多少回了。父亲想在出租车上思考事情或是休息一下的时候，若是戴上贝雷帽，就很容易被司机认出来，所以为了避免这种情况，父亲一上车就会把帽子和眼镜摘下。可到了下车的时候，这些东西就会被可怜地遗忘在车上。坐电车的时候也是，上车摘下来，下车的时候就忘了。可是遇到接下来必须作为手冢治虫出现在大家面前，比如要上电视的时候，没了标志性的帽子可不行。只好赶紧打电话给家里，让人把备用的帽子送过来，要是来不及，就派人慌慌张张地去买顶新的。买来的帽子要是戴着不好看，父亲还不高兴呢。

有一件大家知道了可能都会觉得意外的事，那就是父亲是个电器白痴。每次有什么新产品出来，父亲总是表现出极大的兴趣，第一时间买回来。可是他会用吗？那可未必。家用录像机的定时录像功能他就始终不会，一直都是请母亲帮他的。

使用八毫米摄像机是受了祖父的影响，虽然从年轻的时候就开始用了，可父亲经常在上面遇到挫折。这是全家一起去旅行时发生的一件事。父亲一直很认真地给大家拍着录像，结果等东西洗出来大家一看，却有大半什么都没拍到，依稀可见黑色的画面中拍到了什么模糊的东西，应该是没对好焦的缘故。可是再仔细一辨认，那居然是父亲的鼻子！也就是说父亲一直把摄像机拿反了，他以为镜头对着大家，其实一直对着他的脸！作为一个电影拍摄者，这简直令人难以置信——这卷胶片至今都还完好地保存着。

谁也想不到，画出了阿童木的科学漫画第一人居然会这样。可是理解科学的本质和擅长摆弄机器完全是两回事，估计用的是大脑的不同部分吧。一次，父亲去买电车票，手里捏着一千日元，居然就那么站在售票机前发呆。据他说，是不知道该从哪里把钱塞进去。

其实在这一方面，我也没资格说父亲太多，因为自己也是个电器白痴。我也曾对自己有个错误的认识，以为既然是手冢治虫的儿子，在科学方面一定很擅长，还因此在小学的时候，得意地报名参加了科学社的课外活动。当同级生们在那里迅速地组装小收音机的时候，我才发现自己根本就不知道该从哪里下手。结果我还是退出了科学社，加入了设计社，而且觉得还是待在设计社里比较舒服一点。我果然还是父亲的儿子啊。

比父亲稍强一点的是，我至少还会定时录像，照相机、摄像机一类的用起来也很得心应手。只是时至今日，我还是用不好电脑。现在这本书，我也是用手写的。但是我很明白，电脑能做的是最先进的工作，可以运用许多普通人办不到的十分专业的技术。只是我不想用而已，不，应该说我用不了。

另外，我也遗传了父亲的老好人性格，这是我的优点，也是缺点。虽然性格中存在顽固的一面，但是不知为何，我总会在一些地方去配合别人。父亲也因为这样的性格而在工作上吃了不少亏。在我看来，父亲真的是没有做过自己真正满意的动画，应该都是自己配合了众多的工作人员所得出的成果吧。其实还可以对人更严格些，还可以表现得更顽固些、更任性些，因为只要大家相信父亲的才能，最终还是会听取父亲的意见的。但是，父亲却没有做到。温柔的反面，也许就是胆小吧，因此才会让着别人——他就是这样的性格。

作家和实业家

"虫制作"和"手冢制作",这两家公司经常被世人混淆。到现在都还有很多人以为,手冢治虫的公司就是"虫制作"。

这两家公司都是存在的,但实际上在管理手冢治虫作品的,应该是"手冢制作"。"虫制作"经历过一次破产,从那以后就被其他公司收购、合并了,现在已经完全成了别的公司。以前"虫制作"出品的动画依然属于"虫制作",但所有的原著版权都由"手冢制作"统一管理。

父亲最初建立的当然是"虫制作"。"虫制作"也有漫画部门,还赚过不少钱。但随着电视动画制作的增多,公司成员也随之增加,慢慢地,"虫制作"作为漫画家专属公司的性质就越来越淡了,针对作品的制作方法以及经营方针等问题也慢慢有了分歧,反对父亲的公司成员也多了起来。迫不得已,漫画部门只得从里面独立了出来,于一九六八年成立了"手冢制作"。

随着电视动画业的兴盛,虫制作一直处于高速成长期。最繁盛的时期一度有五个摄影棚,公司成员也有五百人以上。"虫制作"出口的电视动画,也有不少并非出自父亲原著的,比如《明日之丈》(あしたのジョー)、《姆明》(ムーミン),这些都是"虫制作"的作品,而这也正是父亲最终离开"虫制作"的主要原因。

当然,这只是一种经营方针,并不是父亲的本意所在。当时,父亲虽然担任社长,但是光画漫画就已经忙不过来了,如果再加上动画制作和经营公司的话,除非真有三头六臂,否则是肯定忙不过来的。如果只是漫画画得不好,后果还可以自己承担,可如果公司经营不善,可就关系到众多公司成员的饭碗了。于是公司发展到中期,父亲不得不将经营权委托给其他人。

当"虫制作"渐渐走上正轨后,父亲也开始筹划重新建立另外一家类似的公司了。这个公司除了漫画和动画以外,还可以处理一些关于著作权的工作。父亲发行了《COM》,这部由漫画家本身出版发行的杂志,无论是格调还是质量都可谓上乘。杂志十分重视对新人的培养,设立了很多投稿专栏,大友克洋以及安达充等都是从《COM》走出去的漫画家。但是杂志并不是只要出版就可以了,还要卖得动才行。从这个角度来看,《COM》就显得过于专业而脱离大众了,作为一项事业来说并不成功。多领域经营最后给父亲带来的还是灾难。他本是想依靠杂志赚钱,用于发展动画事业,结果杂志的经营却陷入困境,勉强维持了七年后还是宣告破产,而关系上的总公司"虫制作"也因此受到牵连,不得不一起破产。父亲作为社长是主要责任人,名下的房子和地产也不得不抵押出去。愤怒的债权人讨债上门时,父亲也依然在画稿,那是他唯一可以做的事了。

全家没了房子,也失去了一大笔财产。那个时候,我刚好小学毕业。

母亲虽然也一时陷入了慌乱,但是我们这些孩子却因为实在太小，基本上没太多实感。虽然住惯了的房子没了，觉得有点难过，却并没有太大的悲伤和痛苦。大概全家最平静地接受没有房子的事实的，就是我们这些小孩了，甚至想着接下来我们全家七个人大概要住在一个房间了吧，觉得那样挺热闹，也不错。

可是在杉并租的房子还是很大，每个人都有自己的房间，甚至还有个院子。估计父亲为了家人也做了不少努力吧，因为从那时开始，父亲便更加专注于工作了。《怪医黑杰克》、《三眼神童》和《佛陀》相继大热，父亲凤凰涅槃，成功地让"手冢制作"走上了正轨。

我们这些和父亲最亲近的人，其实暗地里还在庆幸"虫制作"的破产。因为父亲只要不和动画打交道，在漫画界就一直是个成功者。可是父亲不停地创作漫画，其中一个理由，还是为了筹措制作动画的资金。这是父亲从最初成为漫画家开始就有的一个梦想。所以对父亲来说，动画是把双刃剑，为了动画，父亲在漫画界一直不停地努力，这才造就了他经久不衰的人气；可同样的，每次掐住父亲脖子的也是动画。

"手冢制作"最终还是走上了动画制作的道路。彩色版的《铁臂阿童木》以及《二十四小时电视》（24时間テレビ）[1]每年都会播出的两小时特别节目，都是出自"手冢制作"之手。在"手冢制作"，父亲总算做了不少自己喜欢的企划作品。但就像在"虫制作"初期制作动画时一样，虽然在内容和导演方面不再有人说三道四，可自己却很辛苦。制作《海底超特急》（海底超特急 マリン・エクスプレス）这部作品时，电视上已经开播了，可最后一卷胶片还在制作中，简直如走钢丝般危险。

父亲去世后，"手冢制作"也依然以他生前组建的班底为中心，继续制作动画。

我并不认为父亲缺乏经营才能。

如果他能更专注于经营，好好干的话，相信以他的才能，这不过是小菜一碟。筹备计划，建立组织和系统，

---

[1]节目全名为《二十四小时电视·用爱拯救地球》，自一九七八年起播出至今，是日本电视台每年夏天的某个时段连续二十四小时不停播出的慈善募款类电视节目。

我认为都是父亲极其感兴趣的地方。但遗憾的是，无论如何，现实生活中的他还是太忙了，最后导致在经营方面的学习、知识储备不足，甚至还出现了当"虫制作"说要建立只有员工才能参加的工会时，他这个堂堂的老板居然也说出了"我要参加"这样的话。

无论是漫画制作还是动画制作，要两者兼顾的话，对于一个人来说实在是负担过重了。经常被拿来和父亲做比较的迪士尼先生，他自己也不画漫画，动画的导演工作也不会亲自上阵，只是作为一个实业家专注于经营和管理。这与父亲不管在哪个场合，都保持着作家的姿态是大不相同的。

另外，他也没有为了经营好事业，而去用心地找一些优秀的人才来。一是没有时间去找，二是他习惯了什么都自己思考，基本上雇用的都是身边的人，事情也都交给身边的人去做。性格里老好人的一面，应该还包含了只要自己好好做总应该能做好的自负情绪吧。不过实际上，长年跟着父亲一起工作的人，的确在父亲的影响下成了非常优秀的员工。

父亲最后的时光

关于父亲的晚年，我并没有什么特别的回忆。

我已经以视觉艺术家的身份开始工作，虽然不如父亲那么忙，但也算是充实地过着每一天。父亲也依然忙于工作，不怎么在家，我们见面的机会就更少了。

父亲度过他人生中最后十年的住所在东久留米市，依然是幢很大的房子，有着宽阔的院子，但我已经不会在那里打闹了。当时的我是个大学生了，而且已经开始工作。父亲在这边的房子也依然分了许多小房间出来，当大家将自己关进房间后，家族团圆的感觉就又少了那么一点。

这个时候，维系家庭成员的是电影的拍摄工作。父亲的工作室是一个小房间，已经不再像从前那样，有很多工作人员挤到家里来，但轮到我经常带着朋友到家里来了。我和同学们开始在家拍电影。慢慢地，拍电影成了我的主要工作，电视台和唱片公司的人也开始频繁出入我家。

我家有一个大概可以停两辆车的车库，因为父亲的车子大多停在公司里，所以那里就成了我的摄影棚。从那儿往里走，正好有一个大约十平方米的房间空着，我就把那里霸占了，当成自己的工作间用。整个车库加上这个小房间就被朋友叫作"清棚"（在清濑市的摄影棚）。

在那里，我拍了不少八毫米胶片和录像带，做了很多很多的视频影像。因为是自己的家，所以完全可以想怎么用就怎么用。虽说是为了拍摄，可我却在里面又是火烧又是水淹，还搬来了好多土，生怕我出事的母亲心惊胆战地看着我，却也没有太多责怪，因为父亲对我做的一切都十分支持。父亲一直都在暗中支持着我的电影制作，不光把家开放给我用，资金不够的时候还会借钱给我。想到父亲既出了我的大学学费，又借给我拍电影的资金，我就感觉实在不好意思，到了后来不光把借的钱全还了，还尽量做到不向父亲借钱了。学生电影和真正的电影不同，花钱也不过是十几万元的程度，但对当时的我来说，已经是很大一笔资金了。虽然同学之间都说"反正手冢他老爸有钱，肯定不用愁"，可是我这个"老爸"连自己的电影资金都筹措得如此辛苦，所以，我即使真有这个需要，也会尽量向父亲以外的人借钱。

母亲是在父亲去世前半年左右，才告诉我他得了癌症。

癌细胞扩散得已经连医生都没办法了，手术做了很多次，也已经回天乏力，反而消耗了父亲不少体力，加速了他的去世。医生说也不知道父亲还能撑多久，也许是几个礼拜，也许是三个月或者半年，总之要我们做好心理准备。

那时的我，真希望这个世界上真的有怪医黑杰克那样的人。

得知父亲将不久于人世，我内心受到的打击真的很大。不光是我即将要失去父亲，漫画界也即将失去一位领袖，他走了之后，一切会变得怎样，所有的人都很不安。但是，这就是残酷的现实，不是电影。我们除了接受，别无选择。想太多也没有用，只能从身边能做的事情开始做。

母亲是第一个从医生那里得知父亲病情的人，独自默默地承受了许久。她决定不把真相告诉父亲，我觉得那是正确的。父亲自己也是个有医学知识的人，相信他对自己所得的病应该已经清楚了，只是那颗逞强的心，让他不愿意承认自己得了绝症，嘴上还毫不示弱地一直对外坚持，自己得的只是普通的胃病。

其实，父亲的肠胃一直不好，也为此住过不少次院。想来，他在工作中如此透支自己的身体，怎么可能撑得住。上了年纪以后，他的工作量也一直和年轻的时候一样，从未减少，还是一如既往地全身心投入，根本没有时间放松精神。再怎么说，他做的都是自己喜欢的事情，又是交稿期限又是各种责任，压力肯定积累了不少。对身体好的事情反正是一样都没有。

就算有时候觉得身体不舒服了，他也基本不会停止工作。就像强迫症一样，永远都是工作优先。手术后，他的胃几乎被切光了，可仍没有好好休养过。只要还能动，他就一定会去工作——不光是自己的本职工作，还到处去做各种演讲，担任各种评委。

全家人一直最担心的就是父亲的身体。他实在是太操劳了，虽然最后是得了癌症，可这何尝不是过劳死呢？但是，就算再怎么劝告他说，不能再这样下去了，一定要休息，父亲却永远不会听我们的。对漫画和动画，父亲有一种"我要是不做，谁来做"的舍我其谁、责无旁贷的使命感。

明显消瘦、脸色也很差的父亲，却依然不肯离开工作室，真的让人异常心痛。但是，把工作从父亲身边夺走，对他来说才是最痛苦的事。

父亲在医院的最后那段日子里，也依然把画稿带进了病房。手还拿得动笔的时候就自己坐在病床上画，实在连画笔都拿不动了，就把工作人员叫来再口述给他们听。一直在父亲身边照顾他的母亲说，到了晚期，父亲的神智已经不太清楚，有时候突然醒来就说要到隔壁去——他以为隔壁就是工作室呢——都病成这样了，脑子里装得还满是工作的事情。

父亲完全没有将工作上的事情交代给别人，他一直认为，自己终将痊愈出院；或者说，他也是察觉到了家里人的情绪，所以才故意逞强这么做的。可是，就在这一年的年初，昭和天皇也因为癌症去世了，父亲在电视上看到了这则新闻。

在很长一段时间内，父亲的病情只有我、母亲以及手冢制作的松谷社长知道。我们的口风一直很严，不管是什么媒体，都绝对不让他们知道。如果知道手冢治虫已经病危，他们绝对不会就此放过父亲的。即使我们如此保密，父亲身体不好的事情还是传到了出版社编辑的耳朵里。我们一直都很怕，这个消息哪一天会传到父亲的耳朵里，所以那段时间别说是在工作的地方，就连很好的朋友我都隐瞒着。

每天工作一结束，我就会去位于半藏门的医院看望父亲。当时，身处瑞可利事件①旋涡中心的江副浩正会长（时任）也正住在同一家医院，有大量媒体天天在医院里蹲点，幸好还没有人发现父亲。可是即使这样，我还是只能看情况偷偷地溜进去。要是被媒体知道，平时和父亲并不常见面的儿子现如今天天来探病，就一定会猜到父亲的情况不妙了。所以，我只好一边和母亲联络，一边和父亲保持一定的距离。

就这样母亲一个人承受着所有的一切，我有时候甚至更担心她——不光要照顾父亲，还要注意周围的一切。可是我再怎么担心，也不能替代她照顾父亲。

失去了父亲，我悲恸欲绝。

可是，我并没有一蹶不振，而是平静地接受了父亲去世的事实。

幸运的是，手冢制作的员工都十分可靠，父亲去世后，公司的一切事务依然井井有条，公司也没有就此倒下。众多的相关人员都特别关照我们，我想，这和父亲

---

①瑞可利事件是发生在一九八八年日本政界的一起受贿事件。在瑞可利相关公司的贿赂丑闻中，许多政界官员纷纷落马。

生前的人品、德行有关系。

人人都说，父亲去世得太早，明明还可以活跃几年的。但在我看来，父亲做的工作真的已经够多了。如果还要让他继续工作，我们这些身边的人可就受不了了。当然了，即使父亲真的没有死，以他的性格也肯定不会就此引退的，一边静养、一边悠闲地作画更不是他的风格。父亲一定会继续工作，直到下一次动弹不了了为止。他就是这样向工作倾注了他全部的爱与热情，也正因为这样，天才手冢治虫才会诞生吧？我想，这就是父亲不可改变的宿命。

手冢治虫去世的时候，刚好六十岁。

我并不认为父亲去世得早。

虽然以现在的平均寿命来看，六十岁的确还不算老，继续工作几年也是可以的。如果是电影导演，再有二十年的职业生涯也不是不可能。但是父亲不一样，他的工作时间和别人不同。他的睡眠时间太少了，人生中或许根本就没有休息两个字。实际上，他活的甚至是普通人一倍的时间。

父亲的一生是浓墨重彩的一生，他的每一天都是和生活、工作的一场激战，每一天都会发生点什么。他尝遍了生命中所有的酸甜苦辣，但这条人生道路是他自己选择的。可以像父亲这样如此充实地度过自己一生的，这世上又有几人？

当然，我同时也觉得非常遗憾。不仅仅是作为他的家人，同样也身为一个创作者，我为失去了父亲这样一位伟大的艺术家而感到难过。

但这绝不是不幸。

人生在世，难免一死。父亲的作品一直告诉我们这个道理。珍惜生命，并不是努力不要让自己死去，而是如何好好地利用这有限的时间。虽然也有人糊里糊涂地过了一辈子，但是像父亲这样，把自己全身心地交给一项自己热爱的工作，为尽可能多的人带去梦想和鼓励，则是一种精彩的活法。在人生的道路上，有不顺，有痛苦，但是父亲直到临终——意识清醒的那一刻——都坚持着自己选择的道路，不曾后悔。从不向任何人屈服，从不知道放弃，只是不断地努力。而这些努力，也终于结成了美丽的果实。父亲的一生,无论在谁看来,都是意义非凡的。

我认为,父亲终究还是幸福的。

07
天才的诞生

昆虫少年

手冢治虫为什么能成为一个天才，恐怕谁也不知道真正的原因。也许，只是感性和知性刚好找到了一个平衡点吧。

父亲小时候个子很矮，身体也很瘦弱，上中学后还变成了深度近视，戴了度数很高的眼镜。父亲说过，因为这些，他经常被同学欺负，很不甘心。后来是因为昆虫和漫画，父亲才和朋友们建立起了深厚的友谊。

虽然父亲嘴巴上说被欺负，但和现代社会的学生之间手段恶劣的欺负并不一样。他没有遭受暴力殴打，顶多就是被几个好朋友嘲笑罢了。在父亲当年的日记中，也从来没有提到被人欺负的事情，更多的反而是他被众多的好朋友所围绕，每天都过得很开心。父亲成绩优异，又有讲故事和绘画的才能，有这两样，已经足以使他成为学校里的风云人物了。虽然父亲算不上听话或者显眼的孩子，但包括学校的老师在内，大家都很认可父亲的才能，总是对他另眼相看。

所以，关于父亲创作故事的才能和绘画的技术，我想只能归为天生的了。

当然，只是天生会这些，并不足以使他成为天才。

喜欢上漫画，决定自己也要画漫画，这是感性。而另一方面，可以站在包括自己在内的各方立场上冷静地看待漫画，这是理性。父亲从来不会自顾自地埋头画画，他站在读者的角度考虑，每天都在思考并且实践着如何才能把漫画做得更有趣、更好看。只要他想得到，就会去不懈地努力，并对自己的感性负责。他绝对不会认为"漫画再怎么画也只不过是漫画"，关于自己选择的这个世界，怎样才能把它变得更好，才是他最认真对待的人生课题。

正是这份热情和诚意，引导着父亲走上了"天才"

之路。

时机同样很重要。战后，漫画是重新给予孩子们梦想和希望的最方便的媒介。而对创作者来说，也不是需要太多金钱投入的一项工作。只要有纸、笔和墨水，加上自由的想象力，就可以创作漫画。从零开始，向着梦想进发，当时的社会潮流也推动着漫画事业的发展。

也许大家听上去会觉得，父亲似乎是偶然成为天才的。但也不是每个人都能把握住偶然，从而获得成功。在无意识中把握机会，才是实现自己梦想的秘诀。

当然，谈到父亲的成功也不得不提到他身边的人。祖父母对父亲十分理解。和现在不同，战争刚刚结束的那个时代，如果自己的孩子说要成为漫画家，能有几个父母不反对？恐怕还没说要成为漫画家，只是看漫画、画漫画就会被父母阻止了吧？而父亲得到的却是来自亲人的充分支持，不得不说祖父母的功劳不小。还有与他一起分享漫画的兄弟、朋友，对父亲的画表示兴趣并给他工作机会的报社、出版社，以及那些被父亲的漫画所刺激而聚集起来的工作人员。听父亲说，起初并没有人对父亲的作品感兴趣，他到处向人自荐，拼了老命还是成效不大。最后，总算有个编辑肯给父亲一次机会了，而就是那一次机会，父亲把它最大限度地利用起来，向读者充分展现了自己的才能。所以，更不能忘记的是这些喜爱父亲的读者。

手冢治虫并不是一夕成名的漫画家。在关西开始作画生涯后，最初他只是在一部分漫画迷中引发了讨论。父亲在发行了一种叫作"红书"①的制作粗糙的漫画单行本后，开始有一些漫画迷惊呼"这个人很厉害啊"——用现在的名人打比方的话，就像大友克洋先生一般——但父亲还是没什么名气。接下来，他慢慢开始在一些大众漫画杂志上连载自己的作品，这才逐渐扩大了知名度。即使是这样，还是有人觉得父亲的漫画"太爱讲大道理""太难理解"，对他的作品敬而远之。那时，父亲的粉丝基本上全是孩子，在大人的世界里，他依然只是个无名小辈。但是漫画行业又怎么会放过大人，作为

---

①明治时代后期出版的一些针对少年的漫画书籍，因封面喜好用红色而被称为"红书"，通常情况下制作都比较粗糙。

一个新兴产业，漫画杂志需要发掘有才能的新人，而父亲正是他们求之不得的人才，具备了超过众人期待的条件。于是，父亲也和漫画行业一起，得到了飞速成长。

已经在漫画的世界里成为人气明星的父亲，其知名度彻底打响的标志是《铁臂阿童木》电视动画的播出。而那时，父亲作为漫画家已经出道十七年了，他正是在那个时候真正被社会公众所认知的。

当然，那也是地狱般苦难生活的开始。兼顾漫画、动画、公司经营、家庭以及提高漫画业的地位等，各种各样的课题涌向父亲。而父亲面对这些课题，无一不是拿出百分之一百二十的精神去努力应对。公司倒闭、漫画卖不动，他也无数次遭受挫折，无数次陷入低谷，甚至精神衰弱，但他依然还要跨过这些难关。在这些事情上，父亲所倾注的精力绝对非比寻常。

在这样的状况下，父亲却依然保持着一颗平常心。

虽然父亲在任何场合都从没自称过天才，但他对自己的才干和能力还是很有信心的。他的自尊心相当强，可是，这份"骄傲"在作品之外却很少在语言和行动上表现出来。他总是不卑不亢，善于聆听，对谁都很亲切；也因此，父亲很受周围人的爱戴。虽然在工作上与他吵过架的人很多，但大家都是因为工作方法而争吵，起因往往是父亲对自己的要求太高，绝不是因为偷懒或是做得不够，有时候是做过了头才引起麻烦的。而且大多数情况下，事实还会证明，其实父亲才是正确的。他生前和上千人有过工作上的往来，没有人说过他一句不是。

多彩的生活

手冢治虫一生的主题，当然就是持续不停地画漫画，但是，他笔下的作品主题却是多种多样的。就算是同一部作品，有时也会有多个主题。而始终贯穿所有作品的最大主题，就是对生命的无限热爱。说的正式点是生命的尊严，说得通俗点是生命的可贵。

父亲之所以坚持这样的创作主题，契机有三点，都是父亲年轻时的体验。

首先要说到的是战争体验。中学时，眼睛一下子变得高度近视的父亲因为体检不过关，虽然避免了上战场经受枪林弹雨的洗礼，但在后方还是躲不过空袭，目睹了身边的人一个一个在自己面前死去。这种情景，任谁看了都会在觉得生命如此虚幻的同时，体会到生命的宝贵吧？父亲的漫画中描写战争的场面很多，除了反战主题之外，父亲更多地描绘了战争中人心的不安和脆弱。

其次是自己的病。战后，父亲的两个手腕上都长了恶性肿瘤，差点连性命都丢掉了。病因是比较严重的真菌感染。父亲十分感激当年救了他性命的医生，所以也就有了后来的《怪医黑杰克》这部作品。父亲虽然毕业于大阪大学医学系，也通过了国家考试，但是因为没有临床经验，而且后来选择了漫画这条路，所以即使他在奈良医科大学发表了学术论文，拿到了医学博士的学位，也从没当过一天的医生。而且，那篇论文是关于田螺精子的研究。别看父亲在漫画里讲起医生的故事来，好像跟开玩笑一样平常，可在生活中，他其实是很怕血的，估计要是让他做手术，上手术台前他就会晕倒。

最后一个，也是手冢治虫的漫画能有如此多彩主题的决定性因素，那就是昆虫。

中学的时候，父亲受好友的影响开始采集、观察昆虫。本来就喜欢自己画上几笔的父亲，很快就运用他的知识制作起了昆虫图鉴。我们在父亲一个人独立完成的昆虫图鉴里，可以看到他的观察角度之敏锐、描写之细致，在说明性的文字中更是一个错别字都没有。从这些父亲创作的基础作品中，我们可以看出他那一丝不苟的态度。

父亲还写了不少昆虫观察日记，我在其中也发现了不少让人有些意外的秘密。那是父亲记录老家后山昆虫的观察日记。从某一年的夏天开始，后山中有些什么昆虫，是些什么种类，看见了几只，他全都仔仔细细地记在了日记上。到了第二年，他又在同一时间到同一地点继续观察。比起前一年，第二年昆虫的数量和种类都明显减少了。少年时代的父亲就已经发现，其中的原因，正是由于住房用地的开发所造成的生态破坏。

"当我看到那些没有怜悯之心的人肆意破坏生态环境时，我就会觉得，这是自然界的悲哀。（中略）这就是人类的无情之举吧？"父亲在日记里愤慨地写道。在半个多世纪前，父亲就已经意识到了环境问题的严重性。战争中，人们连自己明天是否还能安然无恙都不知道，只想着努力地继续活下去，可在那样的年代，父亲已经将目光转向昆虫的生命了。就是这些许的愤怒，造就了后来手冢治虫的生活主题。

而关于科学，他在日记中这样写道：

"所谓科学，应该是大自然所孕育出来的最重要的文化基础，因此要学习科学，就应该首先把自己的心灵浸淫于大自然中去感受它。这样才能更好地理解科学，这种方法才是正确的，不是吗？"

这是一个孩子最原始、最纯真的想法。

也是父亲一生都没有改变的想法。

社会的敌人——手冢治虫

父亲去世后，经常有人问起，我对父亲的看法是否有所改变。

我的答案一直都是：没有。

当然，对于之前完全不了解的，父亲工作上的另一面，我现在也知道了，原来他比我想象得更辛苦、更艰难。

或者说，其实是这个社会对父亲的评价开始有了变化。现在的他，已经不仅仅是漫画界的英雄了，更多的是作为整个日本乃至全世界文化代表的重要作家被不断提及。他已经超越了漫画家的范畴，而是思想家、哲学家。我并不觉得这有什么奇怪的，父亲的确就是画了这些东西，称他是思想家、哲学家也算实至名归。

父亲过去曾被称为社会的敌人，这才真的令人费解。那个时期，社会普遍认为，漫画是会给孩子们带来坏影响的，是影响教育的书，被PTA[①]大力排斥、反对，甚至有的学校还把所有的漫画书没收后公开销毁。而此时，手冢治虫作为漫画界的代表人物，首当其冲受到了攻击。估计那些家长，没有一个人认真地阅读过父亲的作品，或者只是带着先入为主的恶意看了父亲的作品，只要是漫画，他们便加以斥责。手冢治虫画的是荒诞无稽、乱七八糟的东西，他就是社会的敌人——父亲被人这样误解，实在让我不甘心。

因此，为了提高漫画的社会地位，父亲真是殚精竭虑。他那过剩的服务精神，应该也是这样形成的吧。只要在媒体或是什么文化活动上，一有机会提到漫画，父亲便会抛下手头所有繁忙的事务，积极参加。演讲或是签名会这些小活动他同样不厌其烦，每次都会诚心诚意

[①]即父母教师联合会。

地出席。

今时今日,日本的漫画和动画终于可以作为一种文化而被大众所接受了,这无论如何都应该归功于父亲。没有别的理由了。

另外,父亲在画面表现方面也经常向一般的道德发起挑战。他认为,勇于质疑社会的既定常识,发现新视点和新价值观,是一个艺术家应尽的职责。因此,手冢治虫的漫画里有时候会出现相当敏感的画面。

比如,父亲的漫画中会有一些描写性的场景,这就经常被人当成攻击的靶子。人们严厉地抨击父亲,说他在给孩子们看的漫画中加入了亲吻的画面。这和现今一些如洪水猛兽般露骨的性描写相比,简直就是安全无害的小白兔。其实更多的还是一种教育。但在当时,这是不被允许的,因为是漫画,所以不允许有类似的场景出现。

《怪医黑杰克》里描绘了和现实完全不同的病情以及治疗方法,这在当时引起了包括学生在内的众多团体和个人的指责。的确,父亲的医学知识是战争刚刚结束时学的，放在当时已经显得有些陈旧，但这部作品并不是真实描写医学世界的，只是要通过对医学的描写来表现人与人之间的故事。在父亲看来，作品的描写虽然荒诞不经，但只要主题传达到了即可——这才是漫画。

父亲的漫画涉及了各种各样的社会问题。核能发电成为社会热点时，人们就把阿童木理解为是有核能驱动的机器人，说这是在颂扬核电发展，因而对其产生了非议。我上的学校中，也有一个老师说"铁臂阿童木和原子弹一样"，我当时对他说的话感到十分困惑。其实核能有两种技术，一种是核裂变，而另一种是核聚变。原子弹和核能发电利用的是核裂变技术，而阿童木用的则是核聚变技术，是一种还没有被开发出来的，只是作为科学家梦想的技术，是未来的能源获取途径。

《铁臂阿童木》的故事发生在一个和平利用核能的社会里。因此在阅读的时候，要抱有宽容的心态，对待新生科技不要一味地加以指责，而是要看它们是否能够为人类创造价值。科学技术并不可怕，操纵这些科学技术的人心有时候才可怕。漫画描写的就是与这样的科学

东久留米的家中至今仍然贴着父亲亲笔写的纸条:"用时打开,不用时关掉。"

和人类之间有着种种纠葛的阿童木。因此，父亲对这些鸡蛋里挑骨头般的非议感到十分遗憾和难过，还因此特意站出来，表明了自己"反对核能发电"的立场。

于是某一天，家里走廊的电灯开关旁，多了一张父亲手写的小纸条。上面写着"用时打开，不用时关掉"。这张纸到今天都还贴在老家的墙壁上。虽然是件小事，但就是这种细节才是最重要的。

父亲去世后，他的作品曾一度暂停出版。有人说作品中对黑人的描写不够恰当，这也遭到了社会上的一片指责。

想必大家也都知道，那段时期，包括一些以黑人为主人公的童话、可尔必思[①]的商标以及章鱼小黑[②]等各种和黑人相关的物品，都因为争议而消失在了人们的视线中。这和黑人在历史上一直被歧视有关，即使是现代

[①]日本可尔必思公司出产的一种乳酸饮品，一九九〇年时使用的商标上有黑人形象。
[②]从二十世纪六十年代开始流行的一种黑色章鱼造型的充气娃娃。

社会，对黑人的偏见和歧视也依然存在。当时，日本与其他国家相比，外国人较少，特别是黑人，几乎很少见。从一定意义上来说，那是个未知的神秘人种。漫画中经常可以看到，登场的黑人都是黑黑的脸，厚厚的嘴唇，卷卷的头发，因为是未开化的民族，所以几近全裸地拿着枪和盾。在手冢治虫的漫画里，黑人也是这样的形象。这并不是歧视，应该用认识不足来形容才对。就像在国外，日本人的形象永远都是梳着一个发髻头一样。

但是，为了不助长歧视黑人的思潮，手冢治虫的漫画暂时停止出版了。

若是父亲本人还健在，相信他应该会很快重新修改一遍吧，这样的小问题立刻就能解决。可他已经不在人世了，又有谁能来重新画呢？这可不是把脸涂白了就可以的。根据修改的情况，也许还需要创作新的人物角色。而如果这么做，就已经算得上是未经原作者同意的擅自篡改了。我们想尽量避免这种情况，可又不想因为这样而让好的作品就此被埋没。

想来想去，我们才终于找到了一个打开局面的好方法。那就是在作品中加一篇注释文，说明这部作品创作时的社会认识和现在不同，因此可能会在一定程度上助长歧视黑人的思想，但是为了尊重原作者以及作品的主题，还是决定就这样原封不动地呈现给大家。

这样的解决方法，我不知道究竟是不是能真正解决问题的本质。但在手冢治虫的漫画里，有更多有价值的其他信息。那甚至是一个可以消灭歧视的故事。如果我们不能把这些信息传达给孩子，那才是更大的罪过。

次世代的阿童木

有很多热情的粉丝一直很盼望，能够再次看到新的手冢治虫漫画。

父亲的确留下了不少人物形象和原作，理论上，在它们的基础上修改加工、完成新的漫画也不是不可能的。实际上，动画片就是这样以原作没有的故事为脚本制作出来的。但是，这只是"能做"，而"做不做得好"则是另外一回事了。

热情的粉丝也分成两派，其中一派认为手冢治虫神圣不可侵犯，其他人不管是谁——即使是血脉相承的儿子——也不能在手冢治虫的作品上动手动脚，伤害手冢治虫的作品；而另一派则倾向于可以读到更多手冢治虫的作品,因此希望可以不断地有新作推出。两派粉丝写来的信件我们都收到过。

但是,再优秀的作品也是具有时代性的。以漫画为例,本来便是供大众娱乐的手段,里面肯定有着与流行元素不可分割的部分。尤其是父亲那么喜欢为读者着想,随时随地都想着可以把时下流行的东西运用到漫画中去。也因此,这些作品也就跟着时代一起老去了。就像莎士比亚再优秀,但他的作品中用到的语言,到了现代还是已经没人用了。如果你想把它作为记录时代的经典怀旧,那自然是可以的,如果要让现代的孩子也可以轻松愉快地阅读,那么为了适应时代,就不得不做出相应的修改。

纯粹从我自己的角度去看的话,父亲的画本身的美感基本是没有变化的。就算有谁模仿得再像,画中的那股精气神却不可复制。也因此,只有父亲画出来的阿童木才是阿童木,其他任何人画的永远都只是阿童木的复制品。

话虽如此,我也不认为就这样把父亲的作品放进博物馆的玻璃柜里展示是个好选择。最初的手稿，本身虽然有价值，但只要它是作品，它的价值就永远只有在被孩子们互相传阅中才能真正体现出来。因此，配合时代对作品的末尾部分进行一定的修正，或是让其他作家以原作为背景创作出别的新作来，就显得很有必要了。

在维持父亲画过的形象原封不动，让其依然可以供人阅读的前提下，创作出新的手冢治虫作品，我认为并不是一件坏事。当然，创作者本身要具有相当的技术和心理素质。

另外，我认为新创作出来的作品，必须要尊重原作，重视原作里的一切设定，因为，没有谁可以比手冢治虫更天才。

天才创作出来的作品，总是已经兼顾了内容的深度和美感两方面。如果有人扭曲了这其中的任何一面，那么，无论他新创作出来的部分多么优秀，我们也不得不说，这个作品在整体上是没有可能超过原作的。因为谁也不可能成为第二个手冢治虫，任何半路出家的人进行的各种改编，都不会比原作更简单有力。所以说，只有原作才是最优秀的。

手冢治虫一共留下了七百多个故事。我觉得，其中起码有一大半作品还没有真正地得到读者的理解。我真心希望大家可以再好好地阅读一下。一目十行地看漫画，用不了多长时间就会看完，那你就只会永远都想接着看新作品了。但是，如果你仔细地读一下过去的作品，一定会有许多新的发现，一定会想起很多自己已经淡忘的东西。其实，我自己也不是一直都在看父亲的漫画，也有很多已经忘记了的内容。有时候，我会走到书架前，就这么一直望着父亲的全集，突然就会发现有那么一两本，感觉自己是从来没见过的，于是自然就伸手拿过来读，一读便一发不可收拾。因为太有趣了！手冢治虫全集一共有四百卷漫画，以一天读一卷为目标，都要读上一年多。

我的梦想是，希望可以整理出手冢治虫的完美档案资料。虽然现在网络上也有人在尝试着整理，但更困难的是时间限制，因此这些资料至今还是不够完善。除了作品和人物的简单列表，我更希望可以将各自作品的理念主题、社会背景以及参考事件等都整理进这个资料库。比如我用"机器人"这个关键词搜索，所有和机器人有关的漫画作品，以及这个作品在哪里、是如何被描述的，都可以十分迅速、详尽地显示出来。我想做的，就是这么一个像是手冢治虫辞典一样的资料库，是一个可以知道漫画的每一格讲的都是什么，父亲又是如何看待这个世界的软件。我想从那里面读取出父亲对于未来的各种暗示和信息——这项工程必将十分浩大。

总有一天，会有一个专门研究手冢治虫的组织诞生吧？它除了研究漫画，还会研究儿童文化，以及手冢治虫这个代表二十世纪的思想家在面对未来时到底发出了怎样的信息等内容。我希望，手冢治虫的作品能成为真正的经典流传下去。不只在教科书或是高深的学问中出现，而是永远渗透到社会的各个角落，就像一部放在孩子手边、随时可以拿起来的漫画。

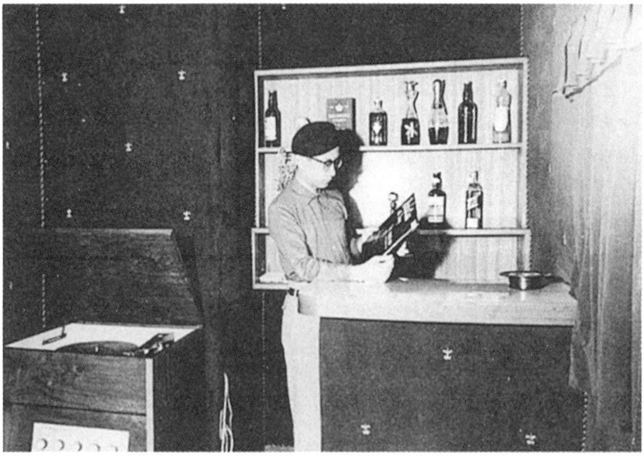

08

手冢治虫的 DNA

父亲的眼泪

像这样一直写着父亲的故事，我很自然地会想，我又是什么样的人呢？作为手冢治虫的儿子，我又是怎么成长起来的呢？

小时候，我和父亲一样，也是个子小小的，不擅长运动，虽然只知道在房间里画画，却从来都不缺朋友，经常有几个好朋友到家里，跟我一起在院子里玩耍。我想尽一切办法把能玩的都玩了，这一点倒也和父亲很像。就算不和小朋友一起玩，我也可以找工作人员或者编辑陪我一起玩。

也因此，我在孩提时代从来没有觉得孤单。就算学校里有几个不良少年，他们也因为知道我是手冢治虫的儿子，没有找过我的麻烦。因为从很小开始，周围就都是大人，所以我相对地有那么一点早熟。也大概是因为早熟，我比一般的孩子都要稳重很多，性子也不急，连应该反抗叛逆的青春期都没惹什么麻烦便平稳度过了。从这一点上来说，我应该算是个不需要父母操心的孩子。

因为父亲没时间照顾我，所以，母亲就承担起了教育我的责任。因此，基本上只有母亲朝我发过火，要是我实在太不听话，她也会动手打我。现在想来，母亲扮演的一直是不讨喜的角色，前面也说到过，父亲是个不会发火的人，所以我要是不听他的话，他也只会拜托母亲来教育我。他和母亲两个人，是典型的一个唱红脸，一个唱白脸。

前面我很少提到母亲，她是一个温柔而感性的人，有些地方比父亲更靠得住。作为手冢治虫背后的女人，她一直默默地支持着父亲。小时候我经常觉得，比起父亲来，母亲不过是个普通人。可是现在想来，母亲长年在父亲身后照料一切，还养育了我们兄妹三人，实在很不简单。我也因此十分理解，工作人员对待母亲就跟父亲一样尊重的心情。

虽然母亲曾经伤心过,但她最后还是允许我走上了电影之路,这多少和她年轻的时候也曾经立志成为艺术家有些关系。这也是我后来才知道的。原来,母亲年轻的时候也学过画画,关注时尚动向,梦想成为一名设计师。后来,母亲在业余时间开始画油画,其实这是她原本的兴趣所在,并不是受了父亲的影响。喜欢画画的母亲和父亲的结合,我想对他们俩来说都是一件很幸福的事。

在对孩子的教育上,因为母亲的家教很好,所以她对我们这几个孩子也比较严格。

我上的是私立小学,每天上学大概要花一个小时的时间。走到电车站十五分钟,然后坐十分钟电车,下了电车再坐三十分钟的公车,下了公车还要再走十分钟左右。我不知道别的孩子是怎样上学的,但在我眼中,学校就是一个很远很远的地方。就算是刮台风下大雨的日子,只要学校里没有特别通知,母亲就会让我去学校。有时候雨下得实在是太大,我走了一半又折返回家,母亲仍会强制我再次出门。连老师后来都跟母亲说："如果天气实在是不好，就不要勉强孩子了。"尽管这样，我却从来没有觉得母亲很可怕而因此讨厌她，她会跟我说"把房间收拾一下"、"赶快去念书"，但这些都是应该的，她从来不会强迫我做没有道理的事。倒是我有时候会耍赖皮地说："别说了，要被你说死了。"

对电影和影像一直感兴趣的我，小学的时候就已经梦想成为一个电影制作人了。上中学后有了摄像机，高中时又加入了学校的电影研究部，开始制作自己的影片，从那之后便一直坚持走电影之路，没有考虑过人生还有其他路可以走。和父亲一样，我们都很早便坚定了自己要走的路。只是我和父亲不同，没有经历残酷的战争和病痛的困扰，童年时代也没有经历过生与死的直接对抗，这对我后来的创作活动也是有影响的。

在对我的教育问题上，父亲只对一件事情很在意，那就是我上大学的问题。

老实讲，我心里很明白，就算不念大学也完全影响不了我的电影事业，可是从父母的角度来看，他们却不这么认为。就连父亲也曾婉转地向我表示："还是去大学比较好吧？"我知道，他内心其实是很希望我去念大学的。

毕竟父亲是从医学部毕业，并且拿到了学位的。

"要是你爸爸我没从大学毕业的话，进社会后肯定会吃好多苦。"虽然父亲这么劝我，可这句话在我那个时代，听起来却并不那么受用。因为那并不是希望你去大学学习知识，而是希望你从大学毕业拿到文凭。但如今，大学的权威性早已大不如前，大学毕业也代表不了什么了。也许，要想在一流的企业中工作，学历还是有影响力的，但对一个艺术家来说，这样的文凭实在没什么必要。在父亲那个时代，漫画家的社会地位不高，父亲一定也有很多的不甘心。可我处的时代已经不同了，就像漫画家已经再也不是过去不被社会承认的工作了一样，电影导演同样是一项很棒的工作。事实上，就算别人不熟悉我，就算别人不知道手冢治虫的名字，只要你说你是一名导演，大都会受到尊敬的。

可父母的情绪我也要照顾，因此，我最后还是参加了入学考试。我报考了知名的早稻田大学，同时冲着自己喜欢的专业报了日本大学艺术学部（日艺）的电影系。虽然凭着我从高中开始就拍电影学到的知识和经验，在大学里已经学不到什么关于电影的知识了，可是大学环境还是很吸引我的，既有拍电影所必需的器材和摄影棚，还有可以成为工作人员和演员的大学同学，关键是还有学生这个头衔可以让我利用，所以想着反正去大学也没什么坏处，那就再继续啃一段时间的老吧。

短时间高考复习的结果，理所当然地就是我的分数只够上早稻田的夜校，但这个结果对于本来就想去日艺的我来说倒是正中下怀。后来我听人说，当父亲知道我没考上早稻田的时候，居然忍不住哭了起来。本人满不在乎而父亲却哭了这种事，虽然听上去很好笑，但是足见父亲对我有多担心。

因为培养出了很多电影人才，日艺的电影系是个很有名的专业。当时还在念书的石井聪互[1]导演和长崎俊一[2]导演都是我的学长，我还曾在他们的电影里帮过忙。不过，我读的却不是导演系，而是专攻录像等的影像制作。电影的制作方法已经都掌握了，所以我想拿出更多时间去接触当时还是新媒体的录像等影像呈现手段。

可结果我还是没有好好学习，基本上一直在拍电影。真是个爱闹别扭的孩子。

视觉艺术家这个有点奇怪的头衔，也是我学生时代想出来的。当时我想，等自己毕业了，就不能再自称学生了，那么势必会被人称为电影导演；可是总觉得这个名字不是很称心，虽然我一直都热爱电影，也希望将来可以拍电影，但是我却感觉不到日本电影界的魅力。这和当年无论如何都想要成为漫画家的父亲真是形成了鲜明的对比，但这就是我所处的时代的特点。

我在日艺拖拖拉拉读了五年，却没怎么上过课，因

---

[1]石井聪互，日本电影导演，代表作《五条灵战记》《镜心》等。
[2]长崎俊一，日本电影导演，代表作《少女们的指南针》《狗狗与你的故事》等。

为在那期间我已经正式开始电视录影带和商业电影的拍摄工作。有一天，我被教务处叫去谈话，我心想这顿批评肯定是逃不过了，可谁知系主任真锅信诚先生——他也是我的学长，影像领域的名人——对我说："手冢君，你已经作为职业导演在工作了，一直在学校待着也不像回事，什么时候都可以，还是把这个拿去吧。"我接过真锅先生递来的退学申请书，说了一声"好"就立刻填好交回去了。父母当时也很犹豫，不知如何是好的父亲还和很多业界人士商量了我的事。当他听说日艺电影系有一个肄业生比毕业生更成功的传说后，说了句"阿真的话总该没问题的"，便同意我退学了。

父亲对于我自称"视觉艺术家"这件事也多少有点担心，还曾从侧面劝诫我说"之前有一个自称'梦想制造家'的人没过多久就不见踪影了哦"。但我一旦说出口的话就不轻易收回，这其实也是他遗传给我的。父亲很了解我，所以也没再多说什么。

说是视觉艺术家，倒不是说我还想做点电影以外的事，其实我除了电影什么都不想做。只不过，挂上电影导演这个称号，就意味着你是电影界的一员，我其实对这一点是有抵触情绪的。

要说我为什么讨厌电影，其实和小时候的一件事有关。上小学时，"虫制作"为电视台制作了动画片《姆明》，而我当时最喜欢《姆明》了，让祖母买的书也拿在手里翻看不停。连我的眼睛后来变得如此近视，我都认为是当年在被窝里看《姆明》的书太多的缘故。因此，我对动画片里的人物名字、造型什么的全都熟记于心。"虫制作"的姆明工作室里，墙上贴了很多姆明的设计草图，我一直在那里津津有味地看着。有一天，我发现了一个很大的错误，那是"和穆萨"和"米萨"两个配角的设计图，男女性别居然给搞反了！应该是工作人员犯的一个小错吧？我当场就向工作人员指出了这个错误，"呀，真的呢。"工作人员倒是马上承认了，只是接下来的那句话却给了当时还是孩子的我很大的打击。"已经来不及了，没办法了。"由于根据这个设定，所有的制作日程都已经定下来了，没有时间改正错误了。但是像这样即使发现了错误也只能这么将错就错的工作，是多么的荒唐啊。

所以我决定了，至少我的作品中绝不能有自欺欺人的东西。不管什么行业，那种串通一气的氛围总让我觉得厌恶，那么我也就不需要硬生生地一定要加入某个行业中了，做一匹独狼又何妨？也许，这就是我给自己取那么一个不可思议的头衔的原因吧？

在作品的制作实践方面，父亲从来没有教过我任何东西，估计他认为，只要我读了他的漫画自然就会明白吧，而事实上也确实如此。

作为前辈，父亲留给我的一句话就是："电影导演不赚钱。"这也是事实，至少在日本是如此。

所以，父亲直到去世都很担心，我要是有一天拍电影拍成了穷光蛋该怎么办，还做噩梦梦到我拍卖了亡父的手稿换钱。我当然不会干这样的事。

父亲有过亲身经历，他明白，拍电影是多么需要钱。

可是他却不希望我成为一个只知道赚钱的商人，而希望我成为一个宁可没有钱、宁可贫穷一点，也不忘创作喜悦的人。令人"头疼"的是，我还真的成了这样一个人。

  我和父亲只在公开场合下进行过一次对谈，当时父亲对我的评价是，相信我是一个不管做什么都能做出成绩的人，有着就算失败也不会善罢甘休的坚强。他说得还是有点道理的，因为这其实也是他的真实写照。

  无论什么时候都没有放弃漫画的父亲……

  和父亲一样，我也需要自己的梦想——电影——不管我用的是什么视觉艺术家的名义，也不管我做的是什么样的工作。

永远追求的"主题"

父亲和我之间最大的不同,就是作品主题的表现指向性。

父亲在我眼中就像是太阳一般。所谓的太阳,是要照耀大地、温暖人间的,是所有生命的来源。父亲给予社会的能量,就像太阳给予万物生长的能量一样不可或缺,有一种积极向上的领袖般的气质。在对待创作的态度上,我自认和父亲一样都是有着太阳气质的,然而和他不同的是,我对月亮更感兴趣,我是憧憬月亮的太阳。

说到月亮给人的感觉,往往是神秘、女性化的,有一些忧郁,又有一些孤僻,甚至有时候还有一些淫靡和不可理喻，就像人心的阴暗面一样，消极而带有否定性。我被这样的表现力所吸引。有些人，生来就拥有月亮一般的气质，而拥有这样气质的作家，创作出来的作品也都会给人月亮般的印象。而我却不是这样，在我心里，太阳和月亮是同时存在的，也因此我所表现出来的主题通常都会走向两极化。有无厘头的、搞笑的、活泼开朗的，也有阴暗的、忧郁的、枯燥无味的。有时是天使，有时又是恶魔。也因此，我很喜欢像《浮士德》这样讲述贤者被恶魔所诱惑而出卖灵魂的故事。

那么，我的人生主题又是什么呢？

我也看过自己的作品，可是始终不得其解。主题这种东西，要是从一开始就知道，那自己的创作初衷也会被扭曲吧？也许对作家来说，人生的主题应该由他人来总结，而不是由自己来高声宣布。

那么，像手冢治虫那样从观察昆虫中得到人生感悟，并终其一生拥有强大动力的情况，我有没有呢？都说"三岁看老"，那我就看一下我的童年时代有没有那样的兴趣爱好吧。我虽然也一样喜欢昆虫和小动物，但是与动物相比，我更喜欢妖怪和怪兽，也许从中我还能看出些端倪来。

说起妖怪和怪兽，大多数人都会觉得可笑，这些骗小孩子的东西岂可当真。但是对我来说并不是这样，这些妖怪、怪兽是由人所想象出来的，那么它们的背后必然隐藏着一些更深层次的东西，一些人们无法向任何人说明的内心的秘密。

我感兴趣的正是那更深层的世界，想象中的世界，而不是眼睛看得到的自然科学。我希望，自己可以像观察自然一样去观察人心，可以进到"里面"去一探究竟。人心中究竟是一个怎样的世界呢，这个世界和人类又是如何关联的呢，也许我想知道的就是这些。想象是传达人类心灵深处想法的载体，而在想象的国度中，就居住着妖怪和怪兽。

父亲从人心的表面眺望世界，最大限度地表现了人与人之间的温情和爱情。《铁臂阿童木》所拥有的情感正是最典型的体现。而我想看的却是人心里面的东西。我想把人心中的理性和无意识中扩张的感情用具体的形式表现出来，而我相信，最好的载体就是电影。

  电影可以包含很多信息，也可以一次性地表达多重主题，甚至可以不断变换主题。有时候，电影可以极其现实地描写心灵以外的东西。正如父亲所描绘的那样，描写人间温情的故事也同样重要。手冢治虫一直是用生命在书写作品，而我用的，也许是灵魂。

  因此，我所有作品的基调，都极其接近空想世界。

  也许，他们也会出现在未来世界的某一天。

父亲的道路，儿子的道路

我并不打算有意识地模仿或参照父亲的性格和想法。

虽说我们俩从事的工作性质相同，但父亲是父亲，我是我，我在心里区分得很清楚。我们只是单纯的父子关系，在工作上并没有太多关联。我虽然经常向周围的人诉说父亲的工作情况，但那大多出自我的推测和想象，亲眼所见的其实并不多，很多事情不是直接得知的。

然而不可思议的是，那些跟父亲生前一起工作过的人，在和我共事时，总是会感叹"简直和老师一模一样呢"。

据说，我和父亲的工作方法、想法十分相似：为了得到自己想要的结果，做任何事情都是可能的；只要能用的东西就会物尽其用，如果时间允许就尽量多尝试各种方法；虽然平时要求很多又顽固不化，可该大胆的时候比任何人都要大胆；把事情放心地交给别人；希求偶然发生的奇迹；对事物充满好奇心，关注的点永远都是别人看不到的地方；抓到谁都会发问；工作上极具奉献精神；喜欢人多、热闹的地方；爱自己策划行动；对人亲切，动不动就替人担心这担心那……

为什么会变成这样的性格，我自己也不知道。在我面前，父亲其实也没有过多表现出他的这些性格，然而遗传就是如此奇妙的事，既然我和父亲长得如此相像，我们的脑子也应该很像吧——这么一想，那我们的想法、感受和见解都一样也就不奇怪了。

当然了，我和父亲不一样的地方也很多，最不一样的就是作品性质了。我的作品都不太人性化。父亲虽然在工作场合像超人一样，但是他的作品充满了人性的温暖。而我却和他完全相反，虽然平时跟普通人没什么区别，作品却经常被人说没有人情味。

我想，这与父亲生活的时代大背景也有关系。父亲开始创作漫画时是刚刚战后，那时候还没什么媒体，娱乐活动也很少，整个漫画界都还有很大的发展和发挥空间，就像拿到一张白纸，可以随意在上面进行自己的创作。而我生活的年代，彩色电视机已经开始普及，漫画也好，动画也好，在父亲的努力下，都已经有了各自明确的主张和地位，各种娱乐手段如录像、电脑游戏等也层出不穷。消费经济时代的降临带来了丰富的物质，人们从过去的寻找变成了如今的选择，而选择就意味着不得不放弃一些东西。这就是当今社会的现状。也就是说，如果父亲的那个时代是建造的时代的话，那如今这个时代就是将之前构筑起来的东西——解体，或者说扩散开来的时代。如果说父亲构筑并确立起了漫画和漫画文化，那么到了我这里，就是把之前已经建立起来的电影文化解体，并将其扩散到录像等多媒体领域里去。从这个角度来说，我这个视觉艺术家的称号表现的正是这种多样性。虽然这么说可能有点片面，但历史的进程就是一个重复的过程，不断重复着构筑、解体，或是聚集、扩散的过程。而我的青春期正好处在扩散的阶段。

在一路辛苦走来的父亲眼中,我们这一代是幸运的,没经历什么大风大浪就得到了自己想要的工作。父亲经常对我说,他很羡慕我。可要我说,应该正好相反,是我羡慕父亲那个时代才对,因为那个时代可以尽情地构筑一切。我们这个时代,正如当时最流行的"新浪潮"这个词语一样,如浪潮冲向地面一般气势汹涌地扩散,又如浪潮一般每一次冲击都留下新的印迹,好不容易抚平的沙滩,经历过一次又一次地冲刷后,最终变成了任性的模样。

而我自己的作品,也是这一变化过程的最好佐证。最开始,我的作品任凭谁看了都会开心一笑。这就是一个构筑的开始。接下来,我又开始尝试抽象的、没有重点的作品,这些作品虽然从形式上还不是很成熟,但我从中知道了更多作品表现的可能性。大学时代,我又开始对作品的架构进行"解体"了,特意制作那些没有情节、没有对白,只是为了让大家看一块石头的,如风景、墙纸一般的电影。那个时候,我经常会有意识地去做一些"无聊",甚至是"无趣"的电影。不是将电影作为娱乐手段,而是作为一个知性的媒介去看待,再从那里扩散开去,我又开始了制作电影以外的影像、数字化以及音乐等方面的工作。

父亲看了我制作的录像带后,曾经不无遗憾地说:"你不做得有趣些可不行哦。"我想,以父亲的服务和奉献精神来看,他一定觉得我的作品在表现上显得过于单薄了。我倒也不是不明白他的想法,我是有意识地做一些内容比较单薄的作品,想要的正是简单暧昧,如天上白云般没有特殊意义的抽象性作品。对我来说,这是必要的,也是必须尝试的。在这个已经接近饱和状态的信息社会,在物质和意识的洪流中,我希望对人类心灵的表现可以再次回归到婴儿般纯净的状态。在这样的状态下创作出来的作品,可能是无力的,也可能是极其单纯朴素的。而如何在保持这种状态下再一次升华,正是我所处的时代所面临的课题。

我相信,在不久的将来,构筑的时代将再次降临。

而另一个事实是,对我来说,手冢治虫是一切的基础。他的思想和见解，全部是最基本的。我被赋予的使命，就是从这个原点出发，去思考接下来应该做的事情。

手冢治虫的作品一直都十分尊崇生命，这对我来说已经不言自明，是最基本的常识。我要做的，是追求生命境界以上的事物，或者说，离开它去追求其他的东西。

举个例子来说明。《火鸟》里介绍了东方的轮回思想，它将宇宙和时间观念结合在一起进行了说明，但是对我来说，这样的说明远不能令人信服。人死后，灵魂变成了其他生物再次重生，由此进入永恒的轮回转世中，这对入门者来说可能是很容易理解的，但是，一旦把时间的观念也加入这个解释里，这个说明就马上显得不那么充分了。我们知道，灵魂因为不会消失而与肉体处在不同次元，肉体随着时间变化而衰老，可见时间与肉体是处在同一个次元的，那很自然的，时间与灵魂就处在了不同的次元，因此在理论上，灵魂就应该不受时间的约束。可我们常说的生与死，却是时间的说法，灵魂其实与它们并不相干。

说得再明白一些，以我的假设，应该是同样的灵魂在不同的时间，作为不同的生命同时存在。也因此，谁是谁的转世这一说法并不准确。因为灵魂不受时间的影响，是不按顺序来的，它超越了历史，作为同一个灵魂一直存在于不同的载体中。

我一直在想，爱因斯坦的时间相对论虽然已经得到了证明，社会却还没有真正地理解并把握其本质。但是，不理解其本质就看不见前方，也就无法把握生命的本质，而如果不能理解生命，那也就无法把握人心和情感了。我相信，父亲已经用他的直观和第六感抓住了这些本质并理解了它们。他的思想比作品中讲到的还要更有高度。为了表现这个高度，同时又不离开作为漫画文化本身必须给人带去的快乐和亲近感，父亲只能选择某一种方法，在其中加以展开和升华——这就是人情。

这是手冢治虫的作品一直维持高人气的秘密，也是他最了不起的地方，同时还是他所能做到的最大限度了。

如果手冢治虫是一个思想家或哲学家，我想他一定会抛弃这样的形式，前进到更深一步的地方。关于宇宙和人类，父亲会有什么惊人的发现也说不定。但他是一个漫画家，这是他的幸福，也是这个社会的幸福。成千上万的读者被父亲的作品所感动并产生共鸣。作为一个如太阳一般的作家，以引领时代的姿态创作出为数众多的作品，他本身绝不是一个会被周围所限制的人。

而我的不幸，则在于我的很多想法没有办法像父亲那样去实现，只是停留在理念阶段。但我身处的却是比漫画更加大众化的电影这一媒介中，也因此，我不会让自己在父亲的路上后退一步。讨论能否超越父亲已经没有意义，作为他的儿子，我只能用自己的想法去开拓自己前面的道路。

要说我从来没有在意过父亲的存在，那绝对是在说谎。毕竟我的工作还有一部分是管理和使用父亲的作品，让它们能更好地传给后世。每天都会提到父亲，每天都要想如何才能够活用他的作品；在工作场合，几乎所有人都知道父亲，他们会看着我怀念从前的时光。不管走到哪里，我都能感受到手冢治虫的影子，但是我从来不会觉得受拘束或是不舒服，相反，这正是我的使命，我要把父亲的作品和人格魅力传遍世界的每一个角落。我只是自然地接受了这一切。

我也不会勉强自己去模仿父亲,让工作变得那么繁忙,一直不停地创作作品。在处理手冢治虫作品的问题上,我一直都是怀着最大的敬意,尽可能忠实于父亲原作的模样。我会把自己脑子里手冢治虫的部分发挥到最大限度,创造出一个酷似手冢治虫的存在。但是,我也不会把所有的工作都这样去做。

因为,我想要尽量轻松地去生活。

轻松,是指做最自然的自己。我最自然的一面,当然也有一部分就是手冢治虫,因为我的身体里毕竟流淌着父亲的血液。但是我觉得,没有必要去有意识地接近他或是特意疏远他。

最近经常能听到克隆的话题,我对此则不以为然。其实大家都是某个人的克隆,因为大家都继承了某个人的DNA。而我,毫无疑问继承的是手冢治虫的DNA。但是,世间永远不可能出现两个完全相同的人,就是这样。

我的确是天才的儿子，但我并不是天才。

我完全没有必要因为这个觉得羞耻甚至自卑。对我来说，我有可以为了它连自己的性命都赌进去的东西——电影。我还有可以实现梦想的一个宽松的环境和理解我的家庭，以及一直支持着我的工作人员。我还有什么可奢求的呢？

而最让我感到骄傲的就是，我是手冢治虫的儿子。

或者说其实大家都是手冢治虫的孩子，因为大家都是在他的陪伴下成长起来的，大家其实都是天才的孩子。

而我，作为这其中的一员，已是三生有幸。

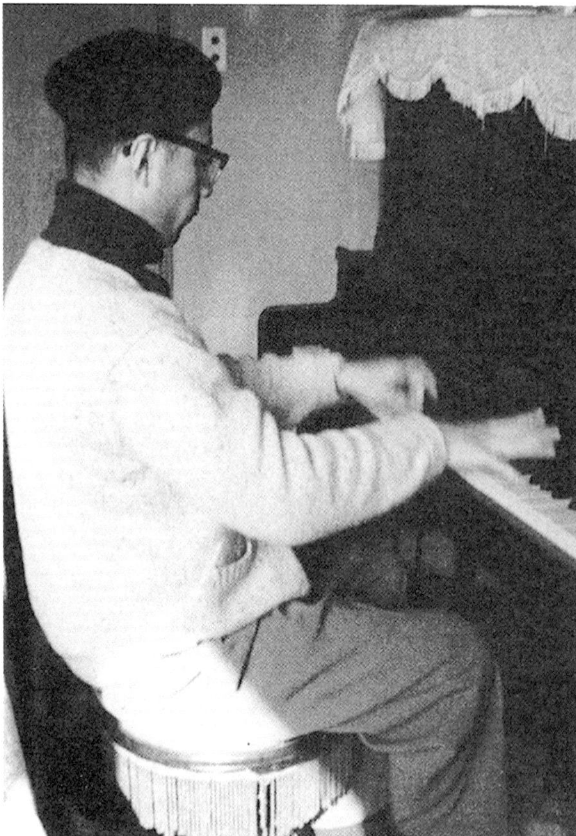

第一次父子对谈

一九八三年四月二十九日，R摄影棚开张。在庆祝开张的活动"动画世界83"上，手冢真先生制作的八毫米电影《蝙蝠》上映。上映后，父子两人进行了对谈。司仪是因"剽轻族"[①]而家喻户晓的富士电视台主持人山村美智子小姐。（编辑部）

山村：看了真先生的《蝙蝠》，您觉得如何？

手冢：我还挺喜欢这样的电影（不好意思地），你别笑我，真是拍得很不错。另外，他的作品虽然受到了

---

①《我们是剽轻族》是一九八一年五月到一九八九年十月，日本富士电视台每周六播出的一档人气娱乐节目。

大林宣彦先生等很多人的影响，但他那种努力追求唯美画面的态度还是很让人欣赏的。现在这个时代的电影创作人，他们不但制作画面，也更注重故事内容，有些作品中甚至还蕴含着哲学思想，用胶片制作可以实现他们的创作理念，也在其中贯穿了卢米埃尔作品那样用画面说话的态度。

真：因为这次是动画相关的活动，原本想拿些更有意思的作品出来，但因为组织者希望作品的篇幅短一些，所以我带来了这部片子。

山村：听说这部片子您只花了两天时间便制作完成了，一定很辛苦吧？

真：不，其实很简单就做出来了。

手冢：这部片子是在家里的车库拍的。把家里的旧窗帘挂起来，然后带了女朋友来……那是你女朋友吧（小声），接着又把一些会发光的玻璃工艺品也摆进来，全都是现成的道具，再结合光线的变化制作了这部作品，所以我是真希望那些以为只要花钱就能做出好电影的人来看看呢。我很喜欢像这样从画面角度出发的非专业人士拍摄的电影。

山村：平时您也会看您儿子拍摄的作品吗？

手冢：基本上都会看。不过他在《冈冈综艺电视剧》①里的那些倒是没有看，我不太喜欢，都是些编出来的故事。可能因为我自己也是个编故事的作家吧，所以看着他做差不多的事情，就不会太有感觉了。但是，他也有我没有的东西，在这一点上我很尊敬他。他的一些没有公开过的实验电影还是很不错的，像最近刚刚制作的一部有关吸血鬼的片子，那是我最喜欢的了（看向真先生）。

山村：真先生，您看，父亲对您的评价还是挺高的，他平时一直都是这么好？

真：是啊，他人真的很好，从来都不批评我的作品。

手冢：不不，没有这样的事，没有没有。

山村：您会说"这个不好"之类的话吗？

手冢：会比较婉转地说吧。以前，他想请草刈正

---

①东京电视台一九八一年到一九八二年间播出的一档综艺和电视剧相结合的节目，手冢真曾在其中专门介绍过自己拍摄的恐怖短片。

雄①先生拍一部电影，看了他的剧本以后……

山村：即使这样您还是参与制作了吗？

手冢：我本来的确是想一起制作的，可看了剧本以后，觉得剧本更多的是一种自我陶醉，实际上映以后，效果也并不是很好，很多看惯了普通电影的观众都不是很理解。我对他委婉地表达了自己的看法，其实山本又一朗先生也跟我持相同观点。

山村：其他人是不是对您比较严厉呢？

真：从这个意义上来说，也不知道到底是幸运还是不幸，可能因为我的父亲是手冢治虫，大家在对我说意见的时候，都会有所顾虑。

山村：父亲这么伟大、这么厉害，影响力看来也很大呢。

手冢：没有这样的事。

真：我不知道在其他人眼里到底是怎样的，但是我从一出生开始，家里隔壁就是"虫制作"的动画公司。

---

①草刈正雄，日本演员，代表作有《手机刑事钱形泪》等。

我从小就很喜欢跑去那里玩,看了很多关于动画制作的东西,我想,一直看的小孩和从来没有看过的小孩还是有很大区别的。我觉得在这方面,父亲对我的影响比较大。

山村:您是独生子吗?

真:还有两个妹妹。

手冢:下面那两个孩子完全和影像无缘呢。

真:妹妹不是会画画吗?

手冢:(苦笑)是啊,那也算是画(笑)。

山村:今天的听众中,我相信也有受《铁臂阿童木》的影响甚至改变了人生道路的人。真先生会不会像他们那样,也受到了父亲的影响而改变了自己呢?

真:我想多少还是有一点的。尤其是关于创作,因为我看了太多父亲被漫画逼得很辛苦的样子,也见过很多动画公司不如意的时候,所以,在我的印象中,漫画和动画是"很辛苦,很辛苦,不想做,不想做"的,我觉得这个想法是受了父亲的影响吧。

山村:现在真先生还和父亲住在一起吗?

手冢:我们的户籍还在一起啊(笑)。他总是每天很早出门，不到半夜不回家。而我基本晚上是不在家的。所以我在的时候，他还在睡觉。我和他有关系的大概也就是把找他的电话转给他，还有就是吃饭的时候稍微说上两句话吧。

我因为一直没什么时间和家人在一起。搞得这孩子的母亲像寡妇一样，或者说不是寡妇就是情人。每次我回家，她都会说"欢迎您回来"；出门的时候，又跟我说"欢迎您下次再来"，这事儿还挺多人知道的（笑）。

山村：那现在呢？

手冢：现在的话，我在不在家也都差不多吧。基本上因为平时都没有什么机会说话，所以一个月大概也就有一次全家一起出去吃饭的机会，然后在饭席上和大家聊一聊。

真：基本上说的也都是电影的事。像一般家庭的父子之间的那种对话，我们家很少。

山村：手冢老师，您在制作动画或漫画时，会有"这是为了儿子"这样的想法吗？

手冢：这倒真没有。我完全是为了自己在画，没有想过别的……

山村：那么有没有想过给他看什么的……

手冢：也没有，他想看自然会看吧。我在他那么大，甚至更小的时候，已经是个电影迷了，不知道看了多少外国电影。就是因为太喜欢电影了，所以我才会从电影进入动画界。之前就有人说，我的漫画很有电影的感觉，我一开始正是因为很想拍电影，所以才想着这也算是电影的一种，那就把自己的漫画拍成动画电影吧。我真的很喜欢电影，不管去哪里参加首映式，我都会说很多关于电影的话题。我喜欢电影都快成一种病了，再说，妻子也很喜欢电影。

山村：这就是你们在一起的原因？

手冢：不，完全没有关系。我是结婚以后才知道的。我的两个女儿就基本上不看电影，要看也只是看电视上放的，类似《成长》（*Eskimo Limon*）这样的青春电影。就只有他比较奇怪，他第一部喜欢上的电影就是《古屋传奇》，那之后就开始爱上电影了，不光自己花钱，还借钱去看。

真：这其实也可能是一次偶然。当我懂事的时候，父亲正好处在《狼人传奇》和《多罗罗》的创作期。

手冢：当时正好在做电视动画。

真：就因为父亲一直在做这些怪奇类的作品，所以我眼见耳闻的全是些妖怪。

山村：这个的影响想必很大。

手冢：他不光看了《多罗罗》，也看了《怪物鬼太郎》，还搜集了很多《小鬼Q太郎》和《奥特曼》的模型。

山村：那个时候的确流行这些。

真：几乎所有的男孩子都收集这些。

手冢：这也是他奇怪的地方，他开始喜欢组装模型的时候，人家的孩子要么是战车啊要么是飞机，他倒好，喜欢组装寺庙和城楼。过了一段时间，我看他终于开始组装军队了，就想看看他到底在干什么，一看，原来他在用颜料把那些士兵画成吸血鬼的样子，都是像这样，血流下来……

山村：这孩子将来会怎样还真是可怕呢。

手冢：就是从那个时候开始，我觉得这孩子不太寻常。

山村：真先生，你什么时候觉得自己和父亲很像的呢？

真：说话的时候就很像吧。我们俩还是第一次像今天这样对谈呢。

手冢：其实我们都很见外的，说话时要看谁肯主动开口。他要是打开了话匣子，可以说上好几个小时。

山村：会有争论吗？

手冢：不，我一直都很沉默（笑）。

山村：那考虑事情的方法呢，像吗？

真：性格和生活态度还是比较像的吧。

山村：有没有什么地方像父亲反而令您觉得讨厌的？

真：我们可不像普通家庭，可以一天到晚地看到对方。刚才父亲也说了，很难得才能见上一面，有时候甚至一个月都不一定看得见他。所以，有时候父亲说要回来，大家就会嚷嚷着"今天能看见爸爸了"，家里就像过圣诞节一样开心。

手冢：可有时候，我到最后还是没回家……

真：或者干脆改了日子。

手冢：我也不是故意的啊。我们还会去旅行，说好一起去的，结果我要么后面才跟上他们，要么说着"我去我去"结果还是没有去。

山村：那个时候夫人一定很伤心吧？从父亲的角度看，不知道您有没有觉得儿子哪里像自己？

手冢：他的漫画画得很好。

真：不太好啦。

手冢：画得很好，真的很好。这孩子一定会是个吃得开的人。我相信，他不管做什么都一定能做出成绩，他有就算失败也不会善罢甘休的坚强性格。我下面那两个女儿有各种各样的人生烦恼，我跟她们商量过好几次了，但是这孩子一次都没有找我商量过。

山村：那么您感觉，他会成为对手吗？

手冢：那是肯定的。我就想为什么他画得那么好，真是让我忌妒到不行。而且他不看我的漫画，看的都是吾妻日出夫的作品（笑）。

山村：您对真先生有什么期待吗？

手冢：我肯定是很看好他的。但是电影的世界，包括动画行业，都十分烧钱。虽然这些钱并不是单纯的浪费，是自己摸索的一种投资。

他到现在手头都没有过夜的钱啊。基本上做电影的人都没什么钱的。要是真的能赚钱了，那么他也不是真正的电影创作者，而是一个商人了。可我不想他成为一个商人。就算没有钱，也希望他能够理解做电影的快乐。我也是个很辛苦的、没有钱的人，还真担心我老了以后该怎么办呢（笑）。

真：父亲其实很想拍电影，那个时候不像现在这么容易，所以才进入了漫画界。要是那个时候拍电影很简单的话，不知道他会拍些什么样的电影呢。

山村：手冢老师，那您有什么想拍的电影企划吗?

手冢：嗯，虽然已经被斯皮尔伯格导演超车了，但是我想拍的和《E.T》几乎完全一样。十几年前，我也考虑过同样的题材，还跟"虫制作"的人提起过。内容方面，讲的是战争中UFO来到地球。地球上的人把UFO和敌机搞混、打了下来。打开那个UFO，里面有一个外星人，而那个外星人长得和狸猫特别像，于是人类就收养了他。最后，这只狸猫的妻子又把他接回去了，就是这么个故事。这个外星人眼中的战争是有点残酷的，我甚至有点想让黑泽明导演来拍呢。

山村：那您现在有什么企划吗？

手冢：现在暂时没有。

山村：总有一天会有吗？

手冢：我是很想做的。但是我请不动演员……而且没什么时间观念。

山村：这样啊。

手冢：我非常没有时间观念。

山村：那父子一起拍电影呢？

真：是啊，父亲创作电影剧本，我去找演员——还真想试试看呢！

手冢：（不好意思地）不，这个……

山村：非常感谢。

《父子对谈》手冢真 山村美智子
一九八三年九月 手冢粉丝杂志刊登

括动画行业，都十分烧钱。虽然这些钱并不是单纯的浪费，是自己摸索的一种投资。

他到现在手头都没有过夜的钱啊。基本上做电影的人都没什么钱的。要是真的能赚钱了，那么他也不是真正的电影创作者，而是一个商人了。可我不想他成为一个商人。就算没有钱，也希望他能够理解做电影的快乐。我也是个很辛苦的、没有钱的人，还真担心我老了以后该怎么办呢（笑）。

真：父亲其实很想拍电影，那个时候不像现在这么容易，所以才进入了漫画界。要是那个时候拍电影很简单的话，不知道他会拍些什么样的电影呢。

山村：手冢老师，那您有什么想拍的电影企划吗？

手冢：嗯，虽然已经被斯皮尔伯格导演超车了，但是我想拍的和《E.T》几乎完全一样。十几年前，我也考虑过同样的题材，还跟"虫制作"的人提起过。内容方面，讲的是战争中UFO来到地球。地球上的人把UFO和敌机搞混、打了下来。打开那个UFO，里面有一个外星人，而那个外星人长得和狸猫特别像，于是人类就收养了他。最后，这只狸猫的妻子又把他接回去了，就是这么个故事。这个外星人眼中的战争是有点残酷的，我甚至有点想让黑泽明导演来拍呢。

山村：那您现在有什么企划吗？

手冢：现在暂时没有。

山村：总有一天会有吗？

手冢：我是很想做的。但是我请不动演员……而且没什么时间观念。

山村：这样啊。

手冢：我非常没有时间观念。

山村：那父子一起拍电影呢？

真：是啊，父亲创作电影剧本，我去找演员——还真想试试看呢！

手冢：（不好意思地）不，这个……

山村：非常感谢。

　　《父子对谈》手冢真 山村美智子
　　一九八三年九月 手冢粉丝杂志刊登

给儿子的信

手冢治虫

阿真：

你一个人独立生活已经好几年了。

作为一个电影创作者，一边念大学一边到处工作的你，跟我们开口说要退学，是什么时候的事来着？

记得我当时跟你说："虽然那是你的自由，可你要是大学不毕业，总有一天会在社会上吃苦头的。"

可能这意见现在看来有些冥顽不灵吧？你没有听我的话，还是很干脆地退了学，加入了影像制作公司。

在制作公司的工作——录像带的制作或是出演广告，你都做得很好，看上去一切都是那么自由奔放、无拘无束。

老实讲，我真的有点羡慕。

但是仔细一想，我不也是十九岁就开始画漫画拿稿费、二十岁就正式出道了吗？虽说当时的工作条件是那么艰苦，工作也不是什么轻松的差事，收入也基本上都寄回了老家。

为了生活而工作，这是我当时对职业的理解。

那现在又是怎样的呢？

你看到的是丰富的物质，是新产品的海洋。你自由地运用它们，享受着你的工作。这些在我们老一辈人看来，即使心里明白这是作为发达国家的日本理所应当有的，可还是会吃惊于现在与过去的不同。我想，我会羡慕你也是出于这个原因吧，而不是羡慕你工作的样子。

作为一个父亲，在二十多年里我看着你长大。你妈妈照顾着你的衣食住行，而我可以做的，也就是给你看我工作的样子，给你看我活着的样子——作为一个拿笔生存的人的人生哲学，我能做的也只有这些了。对男人来说，父亲就是他最好的榜样——生存技巧是什么，社会是什么，个人又是什么——我希望你充分地吸收我的人生观。

真的很意外,也不知道你是什么时候开始对影像产生兴趣,什么时候开始从创作影像之中感受到乐趣的。都说孩子是父亲的一面镜子,我开始发现,你一天接一天地走起我曾走过的路来。意外,吃惊,我感叹父亲的影响居然可以如此之大。当你说要进大学的艺术学部电影系的时候,我是真的慌了,这下可真是搞大了。搞不好,你把我的缺点也都继承过去了,你是要把我犯过的人生错误也照葫芦画瓢地来一遍吗?

老实说,我们的工作靠的都是运气,根据情况的不同,可能还会是赌博,而赌注是你的人生。

如果可以,我不希望你从事这么不安定的职业。这个时候,我是多么希望你只吸收我的人生观啊。

但已经迟了。

你已经不会再回头了吧?要你现在重新开始也不符合你的信念吧?

那么既然如此,你就彻底成为一个影像痴人吧!

越是危险的赌博,就越是要把自己投进去。

我不太相信所谓的新人类。孩子永远都是父母的孩子，社会上的晚辈永远都需要向前辈学习。现在基本还是一样。

当然，你也有自己的处事方法。至少比起我当时所在的社会，现在肯定是变得更加容易生存了。

但是社会状况什么时候会发生变化，我们并不知道。创作者，艺术家，不知道有多少人已经成了社会的牺牲品。精打细算着顽强生存，或是硬着头皮逆流而上选择灭亡，这完全取决于你接下来的对策。

接受更大的考验吧！

不管经历多少次，都彻底地尝尝吃苦的滋味吧！

但是无论什么时候，都不要把我留给你的人生哲学扔掉。我就是靠着这样的哲学，活到六十岁的。

阿真啊！

接下来才是你真正的人生。不久的将来，相信你也会有孩子的。我期望有一天，你也可以堂堂正正地把你的活法传授给你的孩子。

（PHP 一九八七年八月号）

后 记

写这本书的时候,我已经决定了,从此以后不再多说关于父亲的事。

一个过了四十岁的大男人,还整天把父亲挂在嘴上,像什么样子。

写自己的亲人或者熟人的故事,我觉得并不是什么特别有益的事情。而且要是说点什么表扬的话,怎么都会给人自卖自夸的感觉。

但手冢治虫的确是个大人物,有很多人都想听他的故事。那么,与其每次我都要说一遍,还不如一次归纳齐全了写下来更好。再有人问我的时候,我就可以说:"你可以去看我写的书。"我是这么想着,才开始写这本书的。

可是我太天真了。"手冢治虫的儿子貌似还挺乐意说他父亲的故事的。"人们对我的理解完全出乎了我的意料，于是各种演讲、约稿接踵而至。

我为父亲做的事情，一直在增加。

阿童木生日（二〇〇三年四月七日）时我参加了一个活动，代替父亲出席一个给阿童木注入生命的仪式。浦泽直树先生以《铁臂阿童木》的一个短篇故事为蓝本创作《PLUTO》时，我作为监制也一直在旁。国外计划将阿童木搬上大银幕，于是我又为此特意飞去了好莱坞。

每天的生活内容都是手冢治虫。

这本书刚写完的时候，有人来找我做《怪医黑杰克》电视动画的导演。因为我本来就一直在考虑《怪医黑杰克》的电影化，所以觉得先从电视开始也不错，交涉几次后就接受了这一工作。播出总共持续了两年，这期间还制作了剧场版的动画，我一直都很忙碌。最忙的时候，我还亲自上阵画了漫画。那是众多漫画家分别作画向《怪医黑杰克》致敬的企划，我虽然只是监制，但当时一冲动便说了一句"我也画"，就这样加入了大家的行列。本来只是想玩玩，也就打算画个两三页的，可是到了交稿的日子才发现一共画了十八页，里面还有彩页，急得我团团转。我还从来没有给商业杂志画过漫画，周围还全是一流的漫画老师。我完全不可能随随便便蒙混过关的。

漫画画得不好，截稿期限在逼近，手头上又还有电视版和剧场版两边的工作在等着我。

我突然意识到，自己岂不是和父亲完全一样了？之前，我明明还发誓说无论如何也不要做漫画和动画的工作，可谁知道，我还是在不知不觉之间违背了这个誓言。

其实这也是因果报应，因为我也想过，只要是自己喜欢的，那就没有办法。我喜欢创作，也喜欢和创作相关的东西，不管他是我的父亲或者只是手冢治虫，都没有关系。只要是自己想做的、应该做的，那就是最重要的。

恐怕像我这样事事都与父亲有关，连工作都离不开父亲的人应该也不多了吧？虽然连我自己都觉得这样有点可笑，但是同时，作为一个视觉工作者，我也享受着这份独特的感受，并且乐在其中。

二〇〇九年，适逢手冢治虫诞生八十周年，届时会有各种各样的纪念活动，海外还会有《铁臂阿童木》的电影上映。被众多艺术家尊敬的手冢治虫和他的作品依然健在。希望看完这本书的读者们，能够再一次拿起您手边手冢治虫的作品，再一次去欣赏它们。

这本书的出版，多亏了辛勤劳动的阿部香小姐，提供大力协助的香山哲先生，以及设计簑原圭介先生，我发自内心地向他们表示谢意。另外要感谢的，还有手冢制作，以及我的经纪人羽场树里小姐。最后，我还要特别感谢养育了我的母亲和一直在背后支持我的妻子玲子。

写于手冢治虫诞辰八十周年四月七日　手冢真

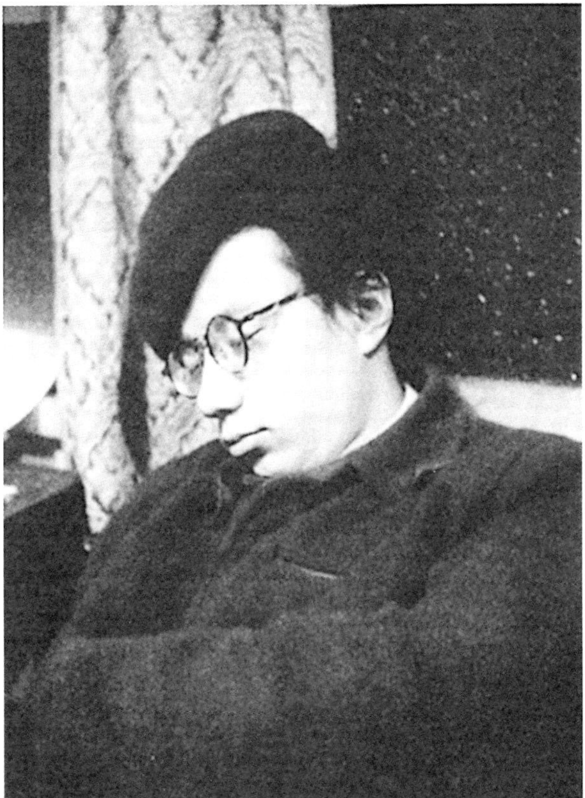

"TEZUKAOSAMU NO SUGAO" by Makoto Tezka
Copyright © Makoto Tezka 2009
All Rights Reserved.
Original Japanese edition published by AIUEO-KAN Co., Ltd.
This Simplified Chinese Language Edition is published by arrangement with
AIUEO-KAN Co., Ltd. through East West Culture & Media Co., Ltd., Tokyo.
Simplified Chinese edition copyright: 2020 New Star Press Co., Ltd.
All rights reserved.
著作版权合同登记号：01-2020-2423

图书在版编目（CIP）数据

我的父亲手冢治虫 /（日）手冢真著；沈舒悦译 . —北京：新星出版社，2020.9
ISBN 978-7-5133-4039-7

Ⅰ.①我… Ⅱ.①手… ②沈… Ⅲ.①回忆录 - 日本 - 现代 Ⅳ.①I313.45

中国版本图书馆 CIP 数据核字（2020）第 071794 号

我的父亲手冢治虫

[日] 手冢真 著；沈舒悦 译

责任编辑：王　萌
责任校对：刘　义
责任印制：李珊珊
封面设计：Caramel

出版发行：新星出版社
出 版 人：马汝军
社　　址：北京市西城区车公庄大街丙3号楼　　100044
网　　址：www.newstarpress.com
电　　话：010-88310888
传　　真：010-65270499
法律顾问：北京市岳成律师事务所

读者服务：010-88310800　service@newstarpress.com
邮购地址：北京市西城区车公庄大街丙3号楼　　100044

印　　刷：北京美图印务有限公司
开　　本：787mm×1092mm　1/32
印　　张：10.25
字　　数：94千字
版　　次：2020年9月第一版　　2020年9月第一次印刷
书　　号：ISBN 978-7-5133-4039-7
定　　价：52.00元

版权专有，侵权必究；如有质量问题，请与印刷厂联系调换。